南方有嘉木

 佘一鸣 著

东南大学出版社
·南京·

图书在版编目（CIP）数据

南方有嘉木 / 余一鸣著 . -- 南京：东南大学出版社，2024.6
（六朝松文库）
ISBN 978-7-5766-1233-2

Ⅰ. ①南… Ⅱ. ①余… Ⅲ. ①随笔—作品集—中国—当代 Ⅳ. ① I267.1

中国国家版本馆 CIP 数据核字 (2024) 第 080885 号

责任编辑：胡　炼　　责任校对：张万莹　　特约编辑：王俊梅
封面设计：鸿儒文轩・末末美书　　责任印制：周荣虎

南方有嘉木
NANFANG YOU JIAMU

著　　　者：余一鸣
出版发行：东南大学出版社
出 版 人：白云飞
社　　　址：南京市四牌楼 2 号　邮编：210096　电话：025-83793330
网　　　址：http://www.seupress.com
经　　　销：全国各地新华书店
印　　　刷：三河市华东印刷有限公司
开　　　本：880 mm × 1230 mm　1/32
印　　　张：8.5
字　　　数：183 千
版 印 次：2024 年 6 月第 1 版第 1 次印刷
书　　　号：ISBN 978-7-5766-1233-2
定　　　价：68.00 元

本社图书若有印装质量问题，请直接与营销部联系，电话：025-83791830。

我写下的文字就是我生活中的 AI（代序）

我出生在一个乡村中小学教师家庭，我的父亲是常州人，毕业于常州师范文史专科，在二十世纪五十年代末，他和同学们从学校毕业后奔赴高淳乡村支教，当时高淳被称为江苏的"西伯利亚"，他在高淳将语文教师这一工作一直做到退休。我的母亲是小学民办教师，也教语文，后来民转公成了公办教师。生长在教师家庭，最大的好处是有书可读。那个年代，很多书不能光明正大地拿出来读，我家的书籍都被捆扎起来，放在阁楼上。我的少年时代，阁楼是我一个人的世界，阁楼上没有窗，但屋顶上有一块长方形的玻璃，称为"明瓦"，也就两块瓦片加在一起的面积，它照亮了我的少年时光。我那时读的书籍中，外国文学主要是俄罗斯文学，如高尔基的三部曲、托尔斯泰的《战争与和平》，还有一本厚厚的《日日夜夜》，作者好像是西蒙诺夫。中国的小说读得多一点，我记得读《红楼梦》时，以捆扎的书做马扎，读了一天还没读完，又放不下，晚上我就带回睡房，我和外公睡一张床，我睡床尾，怕被他发现，我早早上床，钻在被窝里用手电筒照着读。手电筒是家里最重要的两件电器之一，一个是收音机，一个就是手电筒。可恨的是干电池不耐用，快天亮时，手电筒就罢工了。手电筒按不亮，当然被家人发现了，好在他们认为是电池走电了，没找我的茬。阁楼上还有家里以前订的《人民文学》杂志，我喜欢读上面的短篇小说和报告文学。一九七七年，突然要恢复高考了，我当时读高一，因为父母是学校老师，可以提前读书，是班上年龄最小的学生，我觉得这事与我没有什么关系。但形势真的变了，校园里人们谈论的都是高考的事，厉害的是我母亲学校里的一名代课教师，常州下放知青，我们称他为小王老师，他一不小心，考了全省前几名，被南京大学天文系录取，《新华日报》用整整一版介绍他刻苦学习的事迹。天文系在我们眼里是无上崇高的专业，干部们开会讲的"放卫星"不就是奔天上去的吗？上面开始抓教育，我们县文教局组织了一次全县中学生竞赛，分两个项目，作文竞赛和数学竞赛。我被所在的乡下中学推荐去参加了作文竞赛，忘记是什么作文题目了，我写的是抗洪中一名村干部正在理发，忽逢堤坝漏水，他顶着剃了一半的阴阳头上了抗洪一线的事迹。我居然得了个一等奖，那是恢复高考后本县组织的第一次中学生赛事，获奖名单贴在县政府大门边上，大街上拉着跨街的大红横幅，祝贺获奖同学。这极大地满足了一个少年的虚荣心，我确立了自己的奋斗目标，立志成为一名作家。这在今天看来极其可笑，在当时，我父母也觉得不够现实。在父母的眼里，作家是天上的星星，遥不可及。在当下人的眼里，作家都是脑子进水的人，只要能写字，人人可以当作家，问题是有几个搞创作的人能养活自己？

参加颁奖典礼后回到家，小阁楼上的书籍已经可以在我家光明正大地摆着了，我发现，我的比赛作文中的人物事迹，居然是来自《人民文学》上的某篇报告文学，这算不算抄袭呢？我心中忐忑不安，虽然没有人发现，但是我心中发虚。不过，我也因此明白，文学期刊更贴近生活，与时代契合，阅读文学期刊的习惯从那时便养成了。

我和父母有很长一段时间住在我外公家，我外公是大队支书，我外婆是大队妇女主任，他们只有我母亲一个孩子，所以我母亲有幸能读书读到初中毕业，毕业后又读了卫生学校。我外公的村庄有2000多人都姓葛，我外公的辈分高，辈分高的原因是祖上世代贫穷，娶妻生子晚，村里比他年纪大的老头都喊他"爷爷"或"叔叔"，他都答应得坦然。新中国成立后他被培养为干部，除了他是贫农，辈分高应该是一个原因。后来，我长大一点，寒暑假跟着男劳力下田干活儿，我才了解到我外公更有别的能耐。他肯吃苦，干活儿是一把好手，新中国成立前当长工时他是长工把头，长工们服他。新中国成立后他当了干部，春耕秋耕季节，他白天开会，夜里回生产队犁田，生产队的犟牛只认他扶犁。当然，在农村，没有一点武功是镇不住人的，我外公人高马大，是方圆十几个村庄闻名的拳师。我外公有兄弟五个，他排行第五，兄弟五人都有一把蛮力气，传说他的三哥力大无比，胃永远填不饱，无奈，族人只得把他绑石沉湖。他的四哥，每次从山里砍柴回来，山里来回几十里路，同去的人回来时挑不动柴草，他四哥就让所有的人将柴草堆成垛，他一个人挑两个柴草垛走十几里地，村巷窄，柴垛要在村口拆分才能进巷。我亲耳听到的故事是我同学的父亲说的，那年代县里喜欢开"三级"干部会议，"三级"干部是指县级、公社、大队三级的领导。那次，上千号人聚在筑圩工地开现场会，有人将箩筐装满泥块，夯实，堆尖，说，有谁能挑得起这两筐土，才有资格对大家发号施令。上去十几个人挑，那箩筐都丝毫不动，我外公上前，挑着那两筐土走了百十步，赢得了所有人的赞叹。在我的少年时代，我常常以我外公为骄傲。

我整天和村里的小伙伴在一起玩，摘枣偷瓜，逮鱼抓青蛙，和邻村的小朋友们开战。开战就是打群架，不过，小伙伴们私下有不成文的规定，赤手空拳，不准使用任何武器。我打小就是个胖子，跟着外公练过几年拳，打架是我的长项。可是，我在小伙伴中却当不了老大，原因是什么，我不姓葛。我为什么不姓葛呢？这是一个令我长期困惑的问题。我父亲虽然是人民教师，但坚决捍卫他的姓氏，说如果我姓了葛，那等于是他被招了女婿。"你必须姓余。"我父亲余老师斩钉截铁地说。等我长大后，我偶然听常州的亲戚说，其实我本来应该姓白，我爷爷是入赘到我奶奶家的。那么，余老师是在捍卫什么呢？

每年的春节，父亲会率领我们去奶奶家团聚，我父亲有兄弟姐妹五个，除了我们，他们都算城市人，我的二伯父一家还是上海人。不论是穿着打扮还是见识，我都与这一大家子格格不入。其实所有的家人都对我很好，吃的穿的，每次回高淳我都是满载而归。但是我受不了他们怜悯的眼光，奶奶看一眼他最小的儿子，又看一眼我，总忍不住抹泪。那年代城乡差距比较大，她为她生长在农村的孙子的前程担忧。我很小就明白，我在这个家族里也属另类，不论在农村还是城市，我都是个多余的人。

高考分数出来填报志愿，我的分数很尴尬，比一本线高一点，但也只高了七八分。那年代高考招生人数很少，本科加专科，全县就只考上四十几个人。我坚持报考中文系，但我的分数只够得上师范专业的分数线，那一年江苏师院首次划入重点大学招生，我顺理成章地成了江苏师院中文系的新生。那年代做一名大学生，被称为"天之骄子"，自我感觉挺好，苏州的吃食也丰富，我一不小心就"身心膨胀"了。我觉得我终于独立了，没有人可以把我边缘化。大一开设写作课，我的文章常常成为老师口中的范文，我觉得当一名作家的理想离我并不遥远。我常常旷课，躲在图书馆或者宿舍读小说，对于与文学无关的科目一律采取敷衍的态度，60分万岁。我鄙视苏州男人的温文尔雅，也鄙视校园里那些死读书和擅长积极表现的同学，现在想来，我成长于村陌，拳头是最简洁的"说话"工具，这其实是一种野蛮，而我的同学中有很多人已有多年工作经历，刻苦和表现自己是他们从社会中得到的生存本领。我在大学期间打架，受过两次处分，心里却无所谓，我一想到毕业后，将像我的父母一样做一辈子中小学教师，就莫名恐惧，甚至觉得被及时开除未必不是一件好事。在中文系让我对未来乐观的人是一位师姐，范小青，她在读大二时，就在《上海文学》上发表了小说，并一举成名。今天的年轻人无法理解那个年代的文学狂热，我们年级100位同学，有100位是文学青年，写小说写散文写诗歌，不弄点文学你算什么中文系学生？我觉得，努力写作才是我人生的努力方向。那几年，范伯群先生做系主任，他组织了好多文学活动，我印象深刻的是"陆文夫作品讨论会"，大家云集，我的毕业论文就是评论陆前辈的小说《美食家》，到我读大四时，系里请来了时任《雨花》主编的叶至诚先生，他给我们开文学讲座，并鼓励我们向《雨花》杂志投稿。我那时刚写了一篇7000多字的短篇小说，于是找到《雨花》邮址投了稿。不久，我收到了寄自《雨花》杂志的一个薄信封，拿在手，我大脑"嗡"了一下，人就癫狂了。那时文学刊物讲格局，发不发表都给作者回信，信封厚的就是退稿，信封薄的很可能是用稿通知。果然是用稿通知，还嘱我写一张手写的签名，发表时署名用手写体。我将自己的姓名练了十几遍，挑了一张寄过去，我写的是横排，小说发表时是竖排，那3个字就变得很丑。《收获》一直是作者手写署名，等到我的小说终于登上《收获》头条时，我特意查看了以往作者署名的版式，分别写了横排、竖排寄出，都是因为处女作署名留下的深刻遗憾。

我在同一届中文系同学中，是最早发表小说的人。这坚定了我当作家的念头。毕业前夕，同学们纷纷活动，尽管都是计划分配，但单位之间差距巨大，我知道自己进好单位没戏，就埋头读书写作。我们一帮年纪小的都被分进了中学当老师，我被分回老家高淳的砖墙乡中，暑假后期，天凉快了，我出门旅游，等到我在祖国大地转了一圈回来时，已经开学一个礼拜了。我到校长室报到，如果校长不要我，我干脆不上这个班了，校长见到我很欣喜，说："你能来就好。"那年代，乡村中学的老师本科毕业生很稀罕，校长竭力留下了我。

这里曾是我的母校，我熟悉这里的环境，有的校长和老师曾经教过我，很多老教师和我父母曾共过事，我觉得很安逸。我父亲却很生气，他想不到儿子转了一圈又回到原点，4年大学白读了。他跑到县教育局拍了局长的桌子，说："我为高淳乡村教育奉献了几十年生命，你们凭什么还要我儿子继续在乡下待一辈子？"局长笑而不答。我父亲大概忘了他当年做乡村教师的光荣，我劝慰父亲："我在乡下教书挺好的，你放心，你儿子将来要当作家，肯定不会一辈子待在乡下，不会做一辈子中学老师。"我父亲对儿子没有信心，但事实上我后来终于当上了作家，只是从来没有脱离教师岗位。有些事是命中注定的，我是全班同学中最怕当中学老师的人，但全班同学中把教师当到退休的只剩几位，我竟然是其中一个。

在砖墙中学从教的5年中，我通读了大学哲学和史学专业的教材，中学虽小，学什么专业的教师都有，各科教材都能借到。我写下了我的第一部长篇小说《黑鱼湖》，写下了我的第一个电影剧本。长篇小说投出去后石沉大海，剧本收到了上海《电影电视文学》的回信，编辑提出了几项修改意见，我不认同，就没有修改。那是我人生中最黑暗的一段日子，写的东西发表不了，憋屈。那时候范小青已经留校当老师，非常感谢她，在我几乎想放弃写作时，她写信鼓励我，并推荐我的小说去发表，让我能在写作道路上抬头前行。

摧毁我文学意志力的是西方文学思潮，在二十世纪八九十年代，中国文坛打开了西方文学的窗口，作家们人人必称马尔克斯、博尔赫斯，文学期刊上今天流行意识流，明天流行魔幻流。

我从乡下坐3个小时长途车,到南京买几本西方小说代表作,回来后琢磨模仿,好不容易鼓捣出一部小说,但编辑退稿说,过时了,现在流行新风格了。这让我感到无所适从。另一个打败我的是生活,今天我们可以说,生活的磨难成就了我的创作,但在当时,确实是充满了艰辛。我结婚后,老婆在县城工作,我求爷爷拜奶奶,她终于被调进县城中学工作。在相当长一个阶段,我几乎放弃了文学,致力于学生高考,我被提拔为学校教务处副主任,主抓高考,回想起来,这是我一生中有过的最大的官职,我挺珍惜。一方面我痛恨中学语文教育,它扼杀学生天性,以践踏、割裂文学为宗旨,另一方面,我又必须带学生用语文试卷尽可能敲开高校大门,各种刷题做试卷,成为我生活的日常。我悲哀地发现,文学离我越来越远了。

我在县城生活了十几年,我觉得这不是我想要的生活,再待下去,我就是一个终身"小镇做题家"。我想逃离,我决定投奔省城。正巧全省排名第一的外国语学校招聘语文老师,我就悄悄地去应聘,人家还真的肯选择我。我拖家带口来到省城时,并没有欣喜的感觉,我曾经以为,有一天我能进大城市,一定是以专业作家的身份,可惜,我是来省城了,却依然是做一名中学语文教师。我应聘这所学校,并不是因为它的排名,而是因为这里的学生很少有人参加高考,绝大部分学生是走出国留学和保送的路,我可以在课堂上讲一点我想讲的作家和作品,我也可以把刷高考题的课余时间用来读书和写作了。

我把省城的生活想得太美好,现实生活给了我当头一棒。首先是住房,单位的福利分房已错过,只有去买商品房一条路,城市房子贵，我一个乡下来的穷教师当然买不起，暂时只有租房住。其次，同事们对一个写小说的语文老师不以为然，认为作家与教书走的不是一条道，这话说得没错，我也这样认为。语文教师是遵守"八股规则"，小说家是追求天马行空，创新突破。一名语文老师写小说，确实比其他人更麻烦，他首先得忘掉语文老师的角色。钱不会从天上掉下来，但在教育教学上，我可以拿点成绩出来，在五六年时间里，我发表了90多篇教学论文，其中十几篇是发在核心期刊上。我发表论文仅仅是证明，我不但能写小说，我还会写论文，只不过我写论文不是为了评职称，我从没申报过"特级教师"之类，我的心中有比当特级教师更崇高的目标，那就是当作家。

我还是没有精力重归文学。看着妻子、女儿和我窝在出租屋里，作为一个男人我感到羞愧。我妻子为了跟我进城，放弃了公务员编制，我所在的学校学生，出国留学占大部分，我不能让我的女儿落伍。怎么办？只有经商，当时机关事业单位"下海"成风，我一边上班，一边在外面兼职。我做过船板、船用柴油机生意，也做过钢材水泥等建材生意，甚至还做过包工头。很多年后，我在《人民文学》上发表的中篇小说《入流》和《不二》，就是来自这段生活积累。那个年代，赚钱不算难事，等到我终于买了房，终于把女儿送到北美留学时，我才发现我已年近五旬。我对自己说：你可以做点自己喜欢的事了。我最早发表的《淘金三部曲》三部中篇小说，得到了编辑和评论家们的认可，内容是关于我老家的三大产业：建筑业、造船运输业和水产养殖业。当时打工题材的小说盛行，我把目光对准了这些行业的老板们，我觉得这些陡富的人群，内心会更加复杂、丰富。其后，我信心陡增。记得有一位评论家对我说："老余，你接下来还能写什么？"我没回答，只是笑了笑。我那时已经教了三十年书，我的"题材矿"尚没挖掘。我很快就发表了《教育三部曲》三个中篇——《愤怒的小鸟》《种桃种李种春风》《漂洋过海来看你》，前两部在《人民文学》上发表，第三部在《北京文学》上发表，都是头条，与前面三个一样，都被转载并获文学奖项。当然，题材不能决定小说最终的命运，但是写熟悉的生活总是能写得好一点。我后来写了十几部教育题材的中篇小说，我觉得对我从事了四十个年头的这个行业，能挖掘的还有很多。

今年的2月底，我退休了。我自嘲说，我终于熬成了一个专业作家，成了一名被退休金包养的作家。作为一名业余作家，一名体制外的作家，在文学边缘化的年代，甘于寂寞，安心写作，是一种健康的退休生活。现在空闲时，偶尔会想到那个阁楼上的读书少年，想到那个发表了处女作的中文系大学生，我觉得作家梦会贯穿我的一生，小说是我回忆和思考自己一生的方式，当我老了，我的小说就是我的AI。

余一鸣

目　录

日常散悟

青蛙，青蛙	002
咖啡、高尔夫与现代派文学	005
那些大师们的较劲	008
书、书橱、书房	011
田园将芜胡不归？	014
那书与我	017
作二代	020
文学青年造像其一	023
文学青年造像其二	026
文学青年造像其三	029

我的读图时代	032
清　塘	035
桂香街	042
老陶的"世界胸怀"	049
痛　点	052
泪　点	055
哥廷根笔记	058
我独爱杭州这一隅	068
故乡只在心中	071
葛村和柏树坟	075

职业随谈

语文教师的文学梦	088
语文教师的修养准备之偏见	093
语文教师首先要解放自己	096
阅读和写作是语文教师飞翔的双翼	098
语文教师要追求有品位的生活	101
语文老师可以"糊涂"一点	103
教书匠,"匠心独具"你有吗?	107

读书以解惑	113
新学期给学生的一封信	118
豆腐会说话	123

创作谈

写小说这事，我怎么当真了？	126
南方有嘉木	132
鱼我所欲也	134
春秋淹城	137
文字与地气	140
亲情是人性最后的堡垒	142
远山近水皆是情	144
我与我小说中的人物同呼吸	146
天下父母心	148
作文是有话要说	150
《北京文学·中篇小说月报》上的创作谈	154
我是他们身外的另一根筋	156
《小说选刊》上的创作谈	159
透过骨头抚摸你的痛	161

我爱这一江春水	163
他们需要爱	
——《求诸野》创作谈	165
《慌张》创作谈	167
创作谈：被侮辱和被忽略的人们	169
小说人物塑造与小说语言的拿捏	171
10年写作有感	175

访谈录

余一鸣：书写生命的痛感	184
活在小说世界不止是醉生梦死	197
"摸到生活的敏感部位"	
——与余一鸣对话	208
乡土文学须与时代同步	227
蹲伏于现实，努力前行	
——余一鸣访谈	237

日常散悟

青蛙，青蛙

上半年搬到城南居住，耳中总有一些蛙鸣声，疑心是自己耳朵有问题，有点恍惚。有一天，我老婆说："奇怪了，这老城区居然天天有青蛙叫。"我才明白我耳听不虚。我家楼前有条小河，其实在我这个固城湖畔相国圩里长大的水乡人眼里，它算不上是条河，只能称为沟。无奈城里人稀罕水，一条细流称为河，还设了河长，在水边戳个木牌。我入乡随俗，姑且称它为河，这河不宽，也不深，水面上长着水葫芦、水花生之类的水生物。在水乡人眼里，有水就应该有水草，有水草就应该有青蛙。

我读小学时，生产队允许每家养几只家禽，不能多，我家于是养了几只鸭子，俗称麻鸭。凡是家里养鸭的小伙伴，放学了都有一个任务——逮青蛙喂鸭子。那时的青蛙真多，走在田埂或沟渠边，走在河岸或池塘旁，一路走过去，青蛙的跳水声接连不断，后来我读到那句著名的诗——"大珠小珠落玉盘"，我一个乡下人，没见识过宝珠和玉盘，我首先想到的是那一连串的青蛙跳水声。

　　那时的青蛙真漂亮，有虎纹蛙、金线蛙、黑斑蛙等，当时我并不了解这些生物学名称，只是觉得它们长得帅，与小伙伴在一起比谁笼中的青蛙腿长，花纹美丽。青蛙行动敏捷，却有一傻：它们只要钻进水底，就自认为安全。比如稻田中的抽水机坑，也就比锅底大不了多少，它跳进去躲藏，其实根本救不了它的小命。我们时常划一条小船，船舱里装半舱水，沿着水岸行驶，青蛙们纷纷跳入水中，我们靠岸后就手到擒来，大获而归。当然也有别的逮法，比如用小虫钓，比如用鱼叉戳，后者比较残忍。

　　当年我们捕青蛙，青蛙并没有减少，主要是每次捕得并不多，有几只就够鸭子吃饱了。关键是那时候的人不食青蛙。等到某种生物成了人类的美食，这个物种的命运就只能是悲剧。青蛙变成菜肴时它的两条后腿被称为"美人腿"，很受食客欢迎，因为美腿而遭大肆杀戮，令人唏嘘。加上农田里使用农药，青蛙也难逃一死。回老家时曾偶尔走进圩子下的水稻田，再也听不到蛙声一片。有次去我师弟刘全刚家蹭饭，他家的金鱼缸里赫然浮着几只癞蛤蟆，师弟说，儿子想养青蛙，可是田野里没找到青蛙踪影，他只能逮几只蛤蟆冒充。青蛙和蛤蟆，美与丑，天壤之别。20年过去了，我那大侄子成了街舞教练，开了一个舞蹈工作室。我不禁想，如果他幼时每天面对的是青蛙，可能他早成了国际级舞蹈大腕了。

　　青蛙吃虫，鸭子吃青蛙，人吃鸭子，自然界生物链有序相衔，但人类不守规则，硬是把不该吃的吃了，不该占的占了。我见过青蛙人工养殖场，成千上万只青蛙挤在一起，头顶罩着尼龙丝网，饲料从网格撒下，青蛙挤成一团争抢，却没有一只能纵身跳跃。这种饲养的蛙绿背金线，当属金线蛙种类，小时候见到它，一般是在荷塘。它栖在荷叶之上，闻人声腾空而起，划一条弧线后投入水中，只留晶莹的几颗水珠在荷叶中悠然滚动。

前不久回老家，听说固城湖在退耕还湖，把当年围湖造田的圩子扒了。而一批蟹塘也将填土返田，栽种不使用农药化肥的有机稻。我想，这是人与物种开始和解、人与这个世界开始和解的信号。我已年过半百，中国人都有"半亩方塘一鉴开"的田园梦，但于我这个从小在固城湖波涛中起伏的游子，半亩方塘远远不够，我要的是碧波万顷，稻田千重浪，蛙鸣如鼓声。

城南的几声蛙鸣，是催促我回归家乡了。

咖啡、高尔夫与现代派文学

二十多年前，我在乡下教书，上海的堂兄要来做客。那时交通不像现在方便，出一趟远门不容易。堂兄是来自大上海的亲戚，是稀客。我父母少不了要买鱼买肉，现在饭桌上有鱼有肉不稀罕，但那时要逢年过节才多见。当然，那时的鱼是鱼，肉就是肉。用过餐，堂兄说最好来杯咖啡。咖啡？当时他实在是出了个难题，乡下很多人见都没见过，我也只是在书上读到过这个名词。书上说，巴尔扎克写作时是要喝咖啡的，那时我不知道巴尔扎克其实活着时也是一个穷鬼，是一个被债主追债慌不择路逃进文学的人。二十多年前文学还被罩着神圣高贵的光环，我那时的心目中，巴尔扎克神圣，咖啡于是跟着高贵。

县城距我任教的学校有十几里土路，我骑自行车到百货公司一打听，有，有咖啡还有咖啡的伴侣，捆绑着一起卖，买"老公"必须连"老婆"也捎上。我咬咬牙掏出半个月的工资买下了，堂兄走后，我迫不及待地照他的样子炮制了一杯，又苦又腻,喝下去简直是受罪。我明白了,高贵的背后是苦涩,从此对大上海的资产阶级生活方式不以为然。

后来我进了城,同事中有老外,还有出国后被西方生活方式"速溶"了的伪老外,他们都喜欢喝咖啡,办公室里经常异香扑鼻,我坚守我的清茶,嗤之不以鼻,怕一不小心吸了那香味。六七年前带学生游学欧洲,当时"列强"的宾馆不备开水,我身背一把电热水壶,行李箱中装一大包茶叶,将祖国绿茶的清香一路发扬光大,但没想到的事还是发生了。去年在多伦多小住,每天走路去唐人街买菜,来回两个多小时,免不了要寻小便去处。多伦多街头最多的是星巴克咖啡店,于我的好处是可以免费上厕所。但咱中国人脸皮薄,次数多了也不好意思,毕竟世界人民都知道咱中国人不差钱了,于是也装模作样点一杯咖啡。等到有一天发现,去星巴克是为了那杯咖啡,已经来不及了。

有茶当然好,没有茶有咖啡其实也好。

十多年前,就有发了财的朋友邀我打高尔夫球,我一听说办张卡就是我一年的工资,觉得那不是运动是炫富,就婉谢了。年过半百,健康指标已经这高那高了,上下班不依靠车轮靠两条腿走了。有一个周末被朋友鼓动去打了一回,18洞打下来,不坐场地车的话,计步器的数字相当于走了大半圈玄武湖。忽然觉得那绿地是真绿,那沙池里的白沙子真白。明白了这运动的主题是烧钱,也是保命,我就喜欢上了。

于是在时间有余钱款充足时,我也不反对去"附庸风雅"一把。

二十世纪八十年代,文坛盛行西方文学,割韭菜似的冒出一茬又一茬"拉大旗做虎皮"的作家,让人眼馋。我也想赶时尚,刻苦研究那些现代派经典,写过几部"不牛不马"的中短篇小说。但毕竟我是站在乡下角落里,个头又不高,踮着脚尖也抢不到风头。沮丧之余,一边继续写作,一边愤怒地诅咒:文学你这个浪荡子,你游荡够了,总有一天还会回到现实主义的老巢。多年以后,文学终于回归现实主义文风,但写着写着,我常常发现,那些年跟风的阅读和写作,其实是不能省略的弯路,它们给我当下的现实主义文风增添了新的风情。

我想说的是,活过50岁才明白,对这世界的事物我们不要匆匆下结论。

那些大师们的较劲

因为我的职业是中学语文教师,又在一所名校任教,朋友们遇到语文教育方面的困惑,首先想到的是咨询我。尽管我也教了30多年书,但讲实话,对语文教学的很多问题我自己也困惑,所谓"丈二和尚摸不着头脑"。尤其我这样个子矮的人,狂跳100年也是够不着,我这样自我解嘲。

但朋友们不这样想,他们认为我老余提到中学语文教学就装傻不够朋友。语文这门学科,谁都觉得有发言权,课本上那些个字,只有少数不认识。所以领导听课,语文课最受追捧。作家朋友坐到一起,嘲讽基础教育最喜欢拿语文科开刀,我只有苦笑,人家有发言权,不光认得语文书上的汉字,说不定语文课本上就有他们的文章。有一回,作家甲说,某市高考试卷用了他的文章作为阅读题,他以此为豪,兴冲冲做了一份答案,一对照标准答案,错了一大半。他愤怒之余,打电话给我,对我的职业好一顿抨击。好在我已见惯不怪,这种事我遇到得太多,湖北的一位作家公然在微博上发帖:"恳求语文老师千万别用拙作命题,不愿自己的文章被曲解,给孩子留下阴影。"这一回作家甲打电话给我,是因为知道我和这试卷的命题者关系不错。犹豫了半天,我还是婉言转达了作家甲的不满。命题者当然是业内的权威,权威就是权威,他大度地说:"老余,这位作家甲原话中的不逊之言一定被你省略了,比他名气大的作家都当我的面'叫嚣'过。这没什么,隔行如隔山,一行有一行的门道。打个比方,作家是母鸡,它只管下蛋。至于这只蛋能不能孵出小鸡、这只蛋的营养结构,母鸡它懂吗?语文考试命题有考试的出发点,试想,没有规定的路径,没有统一的答案,教师怎么打分?"

这也是为我的职业荣誉而战,屁股决定脑袋,我表态积极拥护语文教学大师。

作家乙是直接找上门来的,说他儿子期末考试作文不及格,在家中号啕大哭,他读了儿子的作文,觉得儿子写得很棒,不服气,让我评评理。作家乙平时与我联系较多,曾经因为儿子的作文成绩差,打算停下手头的创作,花时间专门辅导儿子写作文。我当时喝令他打住,不要因此误了他儿子的分数。不夸张地说,我至少提醒过五六位作家不要指导孩子作文,看来这位没听进去。我看了他儿子的作文,说:"文章很棒,分数确实不能及格。"

我的地盘我做主,中考作文有中考作文的评分标准,高考作文有高考作文的评分标准,作家写作以求新求异为贵,而学生作文以规范为高。一个师傅一把尺,但考试这把尺的标准决定孩子的命运,你做爹娘的敢不认?

当然，教学大师也有吃瘪的时候。有一回有幸与我敬仰的名师同桌吃饭，酒足饭饱，名师愤然地说："文学圈是越来越黑"，我以为是指网络上的文坛是非，我不语。名师说："我写的一篇游记散文，读过的人都说好，可就是没有一家文学杂志肯发表。毕竟，我认识几个做文学编辑的朋友，便做了自我推荐。编辑却没给我面子，退了稿，打电话给我解释：'有充分修辞方法，有丰富神话，有积极主题作豹尾，考试作文可打高分，发表不宜。'"

我疑心，这位爱好文学的编辑朋友做学生时，在作文课上受过伤，有过心理阴影。我后来学乖了，在语文圈里我拒绝谈论文学。在作家圈里，我不提语文。

书、书橱、书房

细想起来,书、书橱、书房这三者的排列有两种顺序:其一是有了书,然后有书橱,最后有了书房;其二是有了书房,然后有书橱,马上有了书。前者是穷书生,后者是阔佬,我无意于褒贬不同的书房,即使后者是装门面,那至少他认为有书房是体面的事,总比麻将室风雅,我依然敬重。

一位语文教师必定读书,哪怕是教参、教辅,三年一轮的学生带完,那些书也沉得能砸断语文老师的脊梁骨。一个小说家不敢不读书,世界经典浩如烟海,文坛潮流风云变幻,你稍微打个盹儿,人家就不带你玩了。我的书就是这样越积越多,先是每次搬家处理一批,后来是每年年底都得处理一批。

我结婚的时候当然没有书房,但有当时堪称豪华的3个书橱。那时我在一所乡下中学任教,没有婚房,端着铁锅找不到灶,着急时,机会来了,学校新教学楼交付了,每层楼的东边是一间教师办公室。我觉得先要留住教师,教师办公室才有意义。

我踹开办公室的门搬了进去。其实就是一间长方形的房间，我用那一排顶天立地的书橱做了隔断，里间是卧室，外间是客厅，厨房是走廊上一小煤油炉。某次下课后回屋，见一老先生坐在沙发上捧一本书读着，我进屋他点点头继续读书，临走时羡慕地说："你们校长真有文化，图书室里摆着沙发，还供应茶水。"

那时沙发尚属奢侈品，茶水也是待客必备。我点头称是，心里对校长说："这下子咱两清了，我这书橱也算为校争光了。"

搬进县城，终于分到一套新公寓房。为了节省空间，当时流行两个房间中间由用户自行隔断，也就是打一排组合橱隔开。我在书房的这侧又添了一排书橱，坐在那十几平方米的书房内，面对那一排排列兵似的书脊，有了坐拥书城的幻觉。若干年后，房子换了新房主，人家看着搬空了的书橱说："这个太好了，可以摆好多好多鞋。"也算是给了我一丝安慰。

每个文人都有过书城梦，这么多年，我养成一个习惯，每到一所城市，先去逛书店；每进一所高校，都争取进图书馆小坐片刻。我见过最豪华的图书馆，是爱尔兰的圣三一大学图书馆，说起来这个圣三一大学还是剑桥大学圣三一学院的母系，比剑桥大学更古老。那图书馆是长廊形，穹顶，金碧辉煌，两侧的书籍就像席卷的巨浪盖过你的头顶，全是外文版，我连书名都读不懂，但颇感震撼，让我这种不懂外语的人喘不过气。进城以后，南京名家的书房也让我惊艳，《扬子晚报》做了个"走进名家书房"的短片，论宏伟当数南大丁帆教授的地下室书房，有60多平方米之大。我去过南大文学院另外两位教授的书房，有趣的是，丁教授的书房位于地下室，毕教授和王教授的书房位于楼的顶层，毕教授的书橱精致讲究，一如他的小说语言；王教授的书橱是开放式的，书籍摆放随意，地板上、茶几上、窗台上都有，书籍如植物在四处自然生长。

南京的诗人梁雪波曾为某刊物的"作家书房"栏目做过关于我的访谈，南京电视台"书香生活"栏目也来我家拍过一个关于我的专题片，讲实话，我的书房让人失望。我的书房不到 8 个平方米，一面墙的书架还是够不上气派。书房小，我的餐厅也立着一面墙的书橱，我的卧室也立着书架。我解嘲说，我的家都是书房。

我有一个梦想：我想拥有一个"气壮山河"的书房，有漂亮的书橱，书橱中有几列是我写的书。

田园将芜胡不归?

我新出版了一套小说选,封二内容用的是前年的照片,朋友拿到书后翻开封面都一笑,有直率的家伙就送我两个字:"装嫩。"我心里真觉得冤,只不过前年照片上的我染了黑发,现在的我被打回原形,满头华发,但变化得也不至于那么夸张吧。有一天在小区散步,邻居的小孙女在玩一个小滚球,我让过孩子走了几步,小女孩一声接一声喊:"爷爷爷爷,快帮我捡球。"我没理会,球越过我,滚到草丛里去了,小女孩很生气地站到我面前,说:"爷爷您难道没听见我叫您吗?"我一时顿住,不知道该怎么对孩子解释。我当然是听见了,我只是没想到有人叫我"爷爷",从"大哥"到"大叔"还没适应,一下子又升格到"爷爷"了,时光弄人呢。我以为是小孩子的目测不准确,后来又遇到一次打击才放弃了自欺。前不久省作协召开第五届紫金山文学奖颁奖会时,我和作家曹寇坐在一起。曹寇自称为"屌丝作家协会主席",小说写得很好,有一大堆粉丝,我们在一起喝过几顿酒。休会时曹寇很礼貌地问:"余老师现在该退休了吧。"我说:"快了快了,再过8年就退休了。"曹寇小朋友挺不好意思,硬着头皮要作解释。我没想到这"屌丝作家协会主席"也有这么萌的表情,很开心地笑了,说:"不怪你,怪老余的白头发长得着急。"

朋友中的好人都安慰我:"你白天要教书,晚上要写书,是重脑力劳动者,白头发多一些属正常。"朋友中的坏人则幸灾乐祸:"这头发白这么多,肾虚。见了美女绕道走吧,把机遇留给我们有准备的人。"有一种可能或许存在,作家对白发的降临要敏感一些。前几年读过苏童一篇小文章,说某次吃过饭后发现下巴上有星星点点,以为是不小心残留的餐巾纸屑,用手一拽,痛,才明白是有几根白胡子了。让苏童警觉的是银须,而另一帅哥作家则担心白发。毕飞宇一直留着著名的光头,但一个作家不像明星有那么多时间打理头发,见面时常常见到他的脑袋上"草色遥看近却无",自然也免不了"繁星"闪烁其中。前几年他常面对我满头"秀发"要跟我打赌,他若蓄头发,肯定是白发比我多。这两年我原形毕露,他再不提这个话题。其实,再赌一把他也不亏,赌输了的那位心里更美滋滋。

如果说早生华发不是作家职业特点,那么犯肩周炎可以说是作家的通病。去年入秋,我的左臂忽然僵住了,胳膊举不起,夜里因为疼痛要醒几回,医生说是"五十肩",做文字工作的人50岁左右都难逃这一关。问过年龄相仿的作家,都遭遇过或者正在遭遇。毕飞宇说,他不到五十就犯了,因为犯这毛病经常要做推拿,所以他才写下长篇小说《推拿》。毕教授胸有成竹地说:"你就等着吧,左肩好了,右肩就会犯了。"

有朋友调侃我说,这华发是时尚,比如那个叫某某的明星,正因为那一头华发走红。还有朋友说起成语"蒲柳之姿"的出处,东晋时大臣顾悦和简文帝都才30多岁,但顾悦白发丛生,简文帝问他为何,顾悦曰:"蒲柳之姿,望秋而落;松柏之质,经霜弥茂。"这家伙反倒利用头上的白发拍出一番马屁,使龙颜大悦。我懂朋友的好意,头发白了不必太在意。可是家里的领导在意,电脑前每每坐满一个钟点,她就赶我出去遛一圈。领导指示,教书也好,写作也好,都别以为自己还是小伙子,悠着点。

有一天遇见跳广场舞的大妈,一个个身手敏捷,心生羡慕,倘若我这左臂也能高举,恨不得也加入进去。田园将芜胡不归?

那书与我

一个写小说的人,肯定有自己喜欢的小说家,更有奉为经典的小说。在这一点上,我不是一个专情的人,我可能会在几个月内反复啃读一部小说,并且千方百计找到作者别的作品阅读,但狂热一过,我就把这个作家当一页纸翻过,移情于别的作家作品。说得难听点,这是男人的本性;说得好听点,世界那么大,我想去看看。

但生而为与书本打交道的人,总有一本书让你难忘。没错,有一本书影响了我几十年,它不是小说,是一本辞书,二十世纪七十年代出版的64开本简装版《成语词典》。所谓64开本,就是指大小只有课本的一半,现在称为"口袋书"。简装版是指收录的词条不多,现在的《成语词典》动辄收有五六千个成语,那本却只收有800多个,主要是供中小学生使用。我读初中时,已是"文革"后期,父母都回学校教书,我们也回到教室上课,因为当时主张"学制要缩短",那时初中是两年制,其实两年制也嫌长，因为除了"红宝书"，无书可读。我从小是个嘴馋的人，有一回偶尔在阁楼上发现了几捆书，就拆开了，分成几趟悄悄拿出去换零花钱。后来我听说许多同龄作家在那特殊时期都偷偷读名著，我内心陡生自卑。在物质营养与精神营养之间，我那时毫不犹豫选择了前者，可见从小就注定我是个没出息的家伙。词典之所以没卖，是因为旧货店的营业员称书时没有把它放进托盘，而是称完后想顺手捞走，算是搭头。我眼明手快地抢下了被鄙视的它，恨铁不成钢地塞进了口袋。

这本书在我的口袋中待了一阵子，偶尔无聊我就翻几页看看，后来课堂教学走向正规了，我写作文时不小心用上了几个成语，语文老师向我父亲大力表扬我，我父亲虚荣心满足之际，赏了我两角钱人民币。我拿着那张钱，明白了一个道理，书中可能没有黄金屋，但一定能有零花钱，我就很满足了。我决定背下这本《成语词典》，进一步挖掘这本书潜在的价值，这听起来有点夸张，其实掌握了规律也不难，每个成语基本是按4部分内容编排：溯本源、通流变、辨讹误、反三隅。其中第四项尤其有用，它是举一反三的意思，有一个阶段我说话都会随时吐出一连串的成语，作文簿中更是砌词捏控，自以为表达得"繁花似锦"。

凭良心说，我应该感谢这本词典，吃水不忘挖井人，我应该感谢那位想占我小便宜的营业员。凭着我肚子里存下的成语，我的作文每每被看好，参加刚恢复的首届全县高中作文竞赛，我成为3个一等奖获奖者之一。高中毕业参加高考，我的语文高考分也列全县第一。要知道，成语在考试中用场很多，除了用在作文中，还有注释、改病句、阅读鉴赏等多种题型中都少不了。师范毕业后我做了语文教师,这些成语更是不可或缺,比如讲到文言文的语法宾语前置,我列举时总是脱口而出成语"时不我予""惟日不足"之类,这也算是一种后遗症。

要说存在负面影响也确实有,成语曾经影响了我的小说语言,我在访谈和创作谈中都谈到,小说完稿后我会做一项工作,把小说中可以删去的成语删去。小说不是作文,小说家的语言都应该长着不同的面孔,成语是汉语沉淀的精华,却是约定俗成的精华,就像标准明星脸,美丽却缺乏个性特点。但是,我并不后悔当年背下那本词典,语言有一条从共性走向个性的必经之路,我常常觉得,它正是以这种方式提醒我:请别忘记我。

它现在还躺在我的书橱里,书角起球了,蓝色的塑料封皮也有些破损。我的少年时代陷于"红色海洋",只有这封皮上安静纯真的蓝色是属于我的个人印记。

作二代

听说过"官二代""富二代","作二代"是我前不久在一篇文章中才读到的词,意思就是作家的儿女继承了父母写作的衣钵。我纳闷了半天,前二者哭着喊着去继承是名正言顺的,往远处扯这是人家祖上修下的阴德,就近处说是爹娘给的没办法,继承下了可以耍酷、可以任性、可以笑傲天下。而作家这个行当,在当下实在是寒酸的。去年看到陕西一位女作家晒她的稿费,一年发表了20万字的小说,稿费收入不到4万元。写20万字是个什么概念,不扯什么脑力劳动,就说趴在电脑前打字,也会让你落下头昏眼花、脊椎突出之类的毛病,实在不如去劳力市场求一份工实惠和自在。我认识一位作家,乔迁新居时感慨万千,写了这么多年终于买下了一套公寓,我闻言后心中十分辛酸,这位老兄在作家这个人群里也算人尖子了,为人和文采都让我钦佩。放眼左右,即使收破烂的,倘若在行业中名列前茅,也早已是千万富翁了。所以,你若要让我相信，作家愿意让自己的孩子选择"作二代"，我还真不敢相信。

换一个角度，写作这事儿毕竟与争权和夺利还有所不同，不像官印和支票交接那样简单。写作除了是个体力活儿，还是个动脑筋的事儿。你要有自己的思想，要有自己的语言风格，与众不同，你才可能高人一头，才可能成名成家。这是挺痛苦的一项职业，很多作家写到一定的程度，找不到超越自己的路，天天在家里恨不得用头撞墙。据说，现在什么都可以速成了，以我从事的中学教师职业来看，业内有成名成家的"培训班"，人站着进去证书就躺着出来了。我很有职业幸福感，孔圣人、孟亚圣是在贩卖自己理论的路上撞得头破血流后，转而收徒传教而成名，陶行知也是行走乡野万苦千辛后，理论与实践偕立才成教育家，而我辈显然可以省去不少弯路了。但写作这件事却速成不了，国外从小学到大学设立创意写作课，但是并不是学了这门课的人就能写作，我自己也开设创意写作选修课，但我也不敢以培养作家为己任，作家真不是能教出来的。"师傅领进门，修行在个人。"名副其实的作家除了兴趣和天赋，可能苦难也是必修课。试想，作为父母的作家，是选择让孩子经历苦难、穷尽沧桑而成为社会的良心，还是选择让孩子衣食无忧过普通的日子？你懂的。

我女儿读高中的时候也喜欢写作，零零碎碎发表了七八篇散文，我当时手心就捏了一把汗，好在人家很快就不感兴趣了。其实写作也可以发财，比如韩寒、郭敬明。你不想喧哗，做网络写手也可以一年挣钱达7位数，我身边就有这样的朋友。不过，我们这一代做父母的作家脑子往往转不过弯，要赚钱，何必戴上作家这顶破帽子。

作家这个行当，不是你去选择它，而是它选择你。

文学青年造像其一

认识言者的时候,我们都是40岁左右的人了。记得他那时写过一篇我的评论文章,戏称我为"文学中年",我们有相同的命运轨迹,大学毕业后分配到农村中学任教,然后调进县城中学,然后调入省城名校任教。只不过在此之前,我们虽未见过面,但对彼此的名字早已熟悉,我们来自相邻的小县城,都是各自所在小县城文学协会的理事长,都兼做小县城文学杂志的编辑,因此见面时一报姓名,就成了熟人,只是让我意外的是这哥们竟是身高一米七八的大汉,且浓眉大眼,长得很像当时红歌星童安格,却比童安格多出一圈茂密的络腮胡。

言者在大学读书时就发表过诗歌,后来专攻散文,是个喜欢较真的人。历代文人中他最喜苏东坡。一日,言者上课,读到苏东坡的《赤壁赋》,正慷慨激昂,抑扬顿挫,却有学生"扑哧"一下笑出声来,言者愤怒地指责学生放肆,学生答:"不就是一个想把官越做越大,事实上又只能愈做愈小、愈贬愈远的无能之徒吗？""你……你……"言者气得脸红耳赤，说不出话来，似乎受辱的不是苏东坡，而是他言者，过了好久，他猛一拍讲台，才气急败坏地与学生展开辩论。事后，他挺伤心地对我说："其实学生讲得也有道理。"我窃笑，苏东坡是苏东坡，你是你，相干吗？有时在所谓的教学研讨会上遇见，某些专家发表宏论时免不了出现漏洞，他就会跳出来引经据典来纠正，我在后面踹他，没用。我说你犯得着吗？弄得人家下不了台，专家们就是在人前演个名角，卸了妆都是熟人。他承认我言之有理，但此类情形却还有后续。

南京的房价高得令我辈望房兴叹，言者来南京不到一年就借钱买了房，欠下了一笔不小的债务，但言者却坚持不肯做课外家教，他认为语文水平不是靠老师教出来的，让他做课外家教定会贻误学生，二会辜负家长。言者总是对来者说："如果我答应教你的孩子，或许你现在会高兴，但是将来会骂我，因为我教的学生未必能在考试中拿高分，与其让你将来骂我，不如现在让你生我的气。"

其实，他教的学生高考成绩一直被表彰，他只是不喜欢这种唯分数是图的教学方式。说起来言者也算得上教学专家，他是南京市最早的那批"优秀青年教师""语文学科带头人"，还是苏版语文教材的编写者之一，同批上榜者当时都是特级教师了，排排队吃果果也该轮到言者小朋友了，但是他忽然就甩手不干了，调入一家出版社做了编辑。我劝他三思，他说："最不该劝阻我的是你，你最明白，我们这些语文教师都在教什么，我走就是图个不装糊涂。"也许他的选择没错，这几年他静心创作和苦练书法，著述颇丰，出了20本散文专著，获得了冰心散文奖、在场主义散文奖等大奖，书法艺术也是日上层楼，我戏言："这状况，真可够得上称东坡门下一'走狗'了。"

散文大家王充闾来南京，我在北京东路小酒馆做东，言者作陪，酒酣，俩人轮流背诵唐宋诗词，一背几个时辰。王先生官列辽宁省委常委、宣传部部长，吟诗时俨然一倜傥少年；言者动情处须发飞扬，泪眼晶莹。我不由得在心中感叹：文学青年不老。

文学青年造像其二

同学们提到周兄的时候，我首先想到的是周兄的发型，三七开，抹了发油或者发蜡，一尘不染，当时的说法叫"能摔死苍蝇"。周兄浓眉大眼，家境也不错，他父亲似乎是老家的一位公社领导，周兄大小也算得上"官二代"，入学不久他就做了我们班的班长。我们是80级，其时学生来源比较复杂，有一部分同学高考前已在社会上闯荡多年，不乏政治经验，周兄不久就被赶下了台。我是属于年龄最小的那拨，课余的精力都放在健身和拳击上，有一天午后，在钟楼后面的草地上我挨了对手一拳，落点是胃，就把午餐吃的饭菜全部喷在人家脸上，对手是数学系的学生，却喜爱文学。休息之余，他提及他是校文学社成员，社长就是中文系的周兄。我才知道，周兄弃政从文了。

周兄大学时代的成名作，是一首《树与藤》的诗，内容是男人是树女人是藤之类，发表在我班教室后的黑板报上。我疑心他是被某个女生纠缠得不耐烦了，郁闷写出的诗。

周兄大我几岁，毕业分配时也被分回了老家的农村中学教书，我总觉得，他是虎落平川，待不久的。二十世纪九十年代初，我在长江运砂船上追一笔债务，船主欠我钱，用黄砂款抵付，我随船结账。黄砂卸在上海龙华码头，按惯例，砂场老板上船看砂后才定等级，等级不同价格不同。船主说："老板看完砂子，把价位故意提了一档，但提出要回扣2000元。"我说："这人莫非不是老板？"船主笑着说："是老板，但做主的是老板娘。"这种事一般都是吃官饭的人才做得出来，我想，这老板肯定是从官场下海不久，想再过一把拿回扣的瘾，可爱。我让船主喊他上船喝酒，他刚上甲板，我就从三七开的发型把他认出来是周兄。头发依然一尘不染，依然能摔死苍蝇，只是脸让江风吹黑了些。推杯换盏之际，周兄说他早就离开中学，在长江里做水手，结识了砂场女老板才上了岸。在中外小说中，水手是个浪漫的职业，但其中的辛酸却是外人所不知的，我了解船上的生活，可以想象周兄的不易。周兄不好意思地说："那小费，其实是为了供养一个诗人。"

　　做一个砂场女老板，是红白两道都要打交道的，必然霸气。我忽然想到周兄的诗作，现在这女人才是顶天立地的大树，周兄变成了藤，藤蔓末梢还带着一个诗人。我说："是女诗人吗？"周兄笑而不语。

　　我们互相留下了电话号码。有一天夜里，周兄打通我电话，说他就在我家楼下，我慌忙下楼，果真见到路灯暗处停着一辆桑塔纳2000，没开车灯。周兄将我拉进车后座，说有人追杀他，托我保管一只手提箱，过几天来取。车在黑暗中疾驰而去，我还疑心这是小说中的一个桥段，这家伙把日子过成小说了。手提箱不重，凭经验我估计最多也就能装 50 万元现金，3 天后的夜晚他果然来取走了，来去都像演电影。一直到我家搬进南京，周兄才又露了面，动员我跟他做传销，他激情洋溢展望明天时，我替他悬着的心放下了，他心中永远有阳光，他是永远的文学青年。

　　毕业 30 年聚会，联系不上周兄。我希望他能读到这篇文章，周兄，来老余的客厅坐坐吧，我现在头发也三七开，偶尔抹油，想摔死几只苍蝇，想扮演一个体面人。我们快要老了，现在可以坐下来，抿一口酒，谈谈文学了。

文学青年造像其三

十几年前的某个礼拜天,陈作者(我姑且叫他陈作者)按我家门铃的时候,我老婆在猫眼里看了半天也没看出来是谁。可他是个执着的人,你不开门就按个不停。我老婆开了门,警惕地问他找谁,他报出了我的名字。我到门前一看,不认识,便问他:"你找谁?"

"我找你啊,余老师。"

我在乡下教过十几年书,很多学生都认不清了,不一定是我从前的学生,我便赶紧把他让进了门。他大踏步地进了我家的客厅,我老婆连拖鞋也没来得及递给他。他一屁股坐下,就朝我"嘿嘿"地笑。他穿着一身过时的西装,一双破皮鞋满是泥泞,居然还留着一个小辫子,只不过那小辫子既脏又乱,像是扭结在一起的乱稻草。我一边泡茶递烟,一边极力想回忆出他的名字。自从进了省城,偶尔会有乡下的亲友来访,我都不敢怠慢。从前在乡下时常听人骂城里亲戚两瓣脸。我不想在乡亲们面前落个话柄，可我却怎么也想不出来这人是谁。

"余老师，我是陈作者。"

我终于对上了号。离开小县城时我做过几年县文学协会的副理事长，编一本地方的文学内刊，那时对这个陈作者是印象很深的。那一年申请文学协会会员，陈作者也打了申请报告。报告后面附上厚厚一叠稿纸，是一部中篇小说。字写得极小，像是爬满了格子的蚂蚁，文章却有几分才气，我便做了推荐。

没想到有一天我去文联，驻会秘书长说，陈作者把那本会员证撕烂了扔在文联办公室的门口。他塞了一封信在门缝里，信的大意是说他生病住在县人民医院一个多星期，打电话到文联却没人肯接。他在医院忍受着病痛，天天等着文联派人去看望他，却鬼影都没见到，加入文联有何用。自那以后便没见过他，也没见他给文联编的那个小刊物寄过稿子。

陈作者显然对我一时没认出他有几分不满和失望，但一会儿便释然了。他从肮脏的背包里拿出装订好的两个剪贴本。一本是我发在报刊上的文章，一本是他自己发表的文章。我那时已难得写小说，难得他还这么关注着我的文字。看他发的文章，也有十几篇，但多是"豆腐块"类的小文章。

问他的情况，他说结过婚，又散了，孩子被女方带走了。女方原是个笔友，从四川过来。不到一年说回去办手续领结婚证，却一去没回来。他倒挺洒脱，说结婚做什么，某某和某某不是结了又离了，他说的某某和某某皆是文坛上的名作家。他谈到文坛上的名人都称兄道弟，讲到文坛逸事也如数家珍。

我的脸渐渐难看起来，我问他孩子几岁了，他说多年没见，五六岁还是八九岁记不清了,他管不了那些小事。我告诉他,我已经不写小说了,文学是贵族文化,我首先要挣钱在省城买房买车,让一家人过上满意的日子。我话锋一转:"你也不配弄文学,你连老婆孩子都养不活,还有什么脸谈文学。"

陈作者走了后,我老婆说我伤害了他。我不后悔,八十年代的时候没有电脑、电视,没有游戏室、KTV,爱好文学是一件时尚的事,运气好的话凭一篇作品成名还可以调进文化馆文化站吃皇粮,时过境迁,陈作者不能在一棵树上吊死。

后来我回县里打听到,陈作者已经不弄文学,成了一个有些名气的木匠,重新娶了妻生了子。我在心里说:这就对了。

我的读图时代

雕塑是艺术,高大上的事,我总觉得和乡下小子的生活扯不上边,后来读了王子云先生著的《中国雕塑艺术史》,才知道咱也艺术过,雕塑艺术源于生活,我们的少年时代虽逢"10年浩劫",玩泥巴却没被耽搁。

从小长在固城湖畔,出门就遇见水,听说山区的孩子玩泥巴得自己撒尿和泥巴,尿还得省着用,我们都瞧不上,开源节流精神可嘉,可那龙头开了说关就关?我们玩泥巴时谱摆得可大了,有小伙伴专门拎着一木桶水,一手执瓢候差。"土豪"没当过,"水豪"咱从小就是。但创作成果不怎么样,也就是捏个光身子汉子羞羞班上的小女生,塑个留孔的小鸡小猪晒干了做哨子吹。圩区的泥巴黏性强,饥饿年代不少人当糯米粉吃过,称之为"观音土"。我们读书时木材奇缺,老师带领我们用泥巴自制课桌和乒乓桌。在小操场中间堆一堆泥,中间挖一个坑,老师带我们赤着脚踩,一边踩一边兑水,把生泥踩成熟泥,再加进稻草,成品晾干后不易坍塌。难的是做桌面，不能有裂隙，不能露出稻草茬子，用最好的黏土抹平，你眯着眼侧面看过去，水汪汪的像镜面一样光洁。一排排课桌列在教室里等着晾干，老师和学生看着都骄傲，不亚于是刚完成了西安的兵马塑俑。

那个年代的泥塑作品我就知道个"收租院"，语文课本上有图片，恶霸地主和倒霉贫农的形象栩栩如生。石雕我也就知道有个敦煌石窟，读高中时借住同学家，同学的舅舅叫高尔泰，高尔泰在那里干过描摹菩萨的活儿，来吃饭时常提及敦煌石刻，我当时不敢相信，这手艺比捏泥巴难多了。后来进了城，怕被城里人看不起，埋头读书，附庸风雅读了一批艺术类的书。因为想弄明白敦煌石窟，找到了《中国雕塑艺术史》，读完了不过瘾，世界那么大，我想去看看，又读了一本《全彩西方雕塑艺术史》，那些日子是我的"读图时代"。后来去敦煌，看到好几尊菩萨都觉眼熟，我能给同行者卖弄个点滴，就是当年书中受的益。国门打开，按图索骥，每到一处我都想瞻仰经典。但在巴黎罗浮宫看维纳斯像时败了胃口，好不容易挤进那个房间，游客多如乡下庙会，天热，各种人的气息、人肉味令人窒息，无法靠近断臂维纳斯的雕像。悄然退出时想，那女人此刻肯定愿意回到意大利海湾宁静的海水里，我也宁愿回到捧着书页上的她独自浮想联翩的岁月。

住在多伦多时，吃不惯洋餐，每天去唐人街买菜都要穿过多伦多大学校园，走累了就在校园某个雕像边歇脚。校园里人物雕像众多，但人物雕像都不高大，伟大人物也像个普通人一样或立或倚，有的可以走上去拍拍雕塑的肩膀。联想到欧美城市的雕塑,人像仿真,物象高大威猛夸张变形。我喜欢的是那些人物的神态,与环境浑然一体,以前文人讲"典型环境中的典型人物",我想应该说的就是街头的他们。

见过乐山大佛,也见过湘江畔的伟人巨像,前不久应安徽《清明》杂志之邀赴太湖县采风,那里整整一座山就是道教始祖老子一个人的塑像,有人说这是咱中国特色,造神像求大。我不觉得有什么丑陋,美国人不也有总统山上的4位总统巨人雕像?关键是雕像追求的是不是至真至美,人也好神也罢,是不是为人民谋幸福,才是关键。

小而精是一种美,大而尚是一种美。记不清是不是在这两套书的某本中读到的了。

清 塘

进入腊月,城里人忙碌起来,其实是快递小哥忙碌起来了,各种各样的年货通过快递小哥的手送进了千家万户,现在的网络厉害,天南海北的好东西任你选择,手就那么一点,过不了几天,你想穿的衣服就能穿上身,你想吃的美食就能下了肚。据说一个人最难改变的是两样——乡音和口味,在我身上都得到验证。我的家乡方言属于"古吴语",被称作"非物质文化遗产"。身为语文老师,我的普通话并不"普通",每每被学生嫌弃。这个话题咱暂且绕过。临近春节,我特别想念家乡的吃食,现在有了微信,发小们这几天动不动上去晒图,最让我动心的是清泥塘时渔获的照片,不要太馋人呵,网兜里闪着银光的鱼,虾篮里乌油油的草虾。但是,最让我眼馋的不是收获的丰足,而是清泥塘时抓鱼捉虾的欢乐。

家乡是圩区,早先是石臼湖、丹阳湖、固城湖三湖构成的泽国,历朝历代的先民筑圩造田,湖面渐渐缩小,田地渐渐增加，成了鱼米之乡。我少年的时候，正是人民公社时代，男女老少都在生产队挣工分，下田得坐船，走亲访友得坐船。一个圩相当于一个大圈，大圈里浮着很多小圈，这小圈我们称之为"垛子"，一个"垛子"里有几十亩或者几百亩水田，"垛子"之间也是以水隔开。夏天，如果没有船可划，等不及的男劳力便脱了衣裤，放进朝天的笠帽，一手举着，踩水越过河。上了岸，再将衣裤一一穿上，女人们看习惯了，当作没看见。有人惊奇踩水的人本事大，这在圩区却不稀奇，我见过高手肩上扛着一箩稻谷，涉河而过，水淹不到胸，渡过六七十米宽的河面，稻谷也不曾沾到河水。当然，有轻功的人据说可以在水面上疾行，但，那些人只活在电影里。年底的时候，生产队的福利是清泥塘，为什么我不说清"鱼"塘呢？在我的家乡方言中"泥""鱼"同音，更主要的是，圩区的池塘就是泥塘，水抽干了，赤脚踩下去，黑油油的烂泥从脚趾缝里冒出来，突然就抱住了你的腿肚子，没过了你的膝盖。我下过山区的池塘，水清澈不说，脚掌下全是沙土和鹅卵石，像是踏进了做足疗的木桶。再有，生产队的池塘有鱼，却不放鱼苗，也不喂鱼饲料，实在不能称之为"鱼塘"，奇怪的是，年底清塘的时候却总收获颇丰，甚至有不少几年几十年长成的大鱼。在圩区，池塘一般都与小河大河相邻，隔着一条人工筑的坝，坝外的河面属于公社渔管会，那河里的鱼虾也是非农业户口，一年四季，我们常在圩堤上看见城里的卡车来拉鱼。大人们说，大鱼都会飞，在漆黑的夜里飞。

我外公当时是渔管会的主任，我问外公，外公说，人要动了歪脑筋，猪都能在天上飞。我当时没听懂，几十年后我外公的这句话成了小青年们挂在嘴上的流行语,叫"会飞的猪"。

我很快就知道了秘密,其实这是大人们公开的秘密。池塘的水抽干了才能清塘,早年抽水主要靠人工水车,别处有手拉的水车,我们是用脚踩,相当于现在健身房里的跑步机,脚下要踩动一匣一匣的水就会从低处往高处走,当然比在跑步机上运动吃力,水车的上方就架了一根横杠,人趴在上面可以稍微借点力。这家什现在还能看到,在乡村旅游区的"农具展览馆"里是大件。后来生产队实现农业机械化,最早普及的是抽水机。抽水机机身卧在坝上,两根炮筒似的水管前翘后探,像赤条条的阳刚少年般威武。架设抽水机是个有福利的机会,男劳力们会提前一天在夜里挖开坝,摇一只小船驶往远处,船舱里装了白酒浸过的糯米和黄豆,都是人吃不上的好东西,从二三里外往回摇,一路撒在河心,最后将剩下的一粒不剩全部倒在池塘。天快亮时,池塘水面上这里那里冒水泡,有大家伙!男劳力们喜滋滋地将坝上的缺口填了,将抽水机架在新土上。抽水机卖力地吼叫,全队男女老少都等着,等着那些嘴馋的大鱼在水面上犁出一道道浪花,等着水落鱼见,泥黑鳞白。

塘底自有塘底的世界,有高低,此起彼伏,并不是一个规则的锅底形。男劳力们用铁锹挖出一条水沟,将水洼子里的水引到抽水机吸筒的凹处那里,筒子口罩着一只旧竹篮,怕小鱼小虾被吸进去,那样,在另一边出来它们就粉身碎骨了。最先安静下来的是大鱼,它们折腾够了,没了水它们就失了势,干脆晒出白肚皮,临死也调戏一把看客们的眼球。那些筷子长短的鲫鱼白条,只要还有一指深的水,它们绝不甘心认命,它们扑打出一串串泥浪，在男劳力的胯下左奔右突，惹得看客们惊喜地大呼小叫。小鱼小虾可能是被这突然的变故吓蒙了，或者是被浑浊的泥浆呛坏了，到后来它们基本上是在泥水里不惊不跳，听天由命。

不是所有的男劳力都有资格参加清塘。这是个欢乐活儿，也是个辛苦活儿。天寒地冻，池塘水抽干了，冰还在，碎成片了，像玻璃一样插在泥水里，一不小心就在腿上拉出一条血口子，比得上玻璃片。岸边上烧着火堆，不时有清塘的人挨过去烘手、烘腿、烘脚，条件好的生产队，还给每个男劳力发一瓶大曲酒，冷了就从怀里摸出来灌一口，驱寒。这当然也馋人，但老弱病残排不上号，一不小心寒气进了骨骼，终身就会得"老寒腿"，队长只挑选那些火气旺的劳力。除了身强体壮，还得讲究人品，讲政治。有人自私，看老婆孩子在岸上看热闹，使个眼色，把一条不大不小的鱼扔到老婆脚边，那鱼就贪被自家下了。太大，招眼；太小，不值。还有用心更坏的人，把大鱼硬踩到泥坑深处，做个标志，等人散了，等天黑了，他悄悄地捞出来拎走。这样的人只要被发现过一回，队长就把他打入另册。最着急的是我们这帮孩子，眼睛盯着塘底的每一块可疑之处，心里祈求那里有漏网的鱼虾。男劳力们搜罗得差不多了，队长一挥手，撤，他们还没来得及上岸，我们就迫不及待地冲下去了。顾不上冷不冷，顾不上冰片划的伤口，你争我抢，大多是小鱼小虾，也有运气好的，在泥坑中摸到一条老黑鱼或者大王八，那简直是彩票中奖一样开心。这两种东西天生长得黑，卧在泥浆里不易发现，而且，它们生命力强，在泥浆里生存十天半月都没问题，情况不妙，它们就先把自己埋在塘底，等待"风生水起"的时机。

看到发小们在微信上晒的图,我蠢蠢欲动,刚放寒假,我就驱车回了老家,想参加一次清塘,过把瘾。

现在的圩区已经变了模样,圩堤变成了公路,我老家所在的相国圩是最大的圩,周长约有30千米,成了真正的"一环"公路。读初中时,我有个同学调皮捣蛋,老师要找家长,那个时代通讯不便,老师只能家访,学生带路,俩人走在圩堤上像是警察押送小偷。老师是外地人,学生家住"堎子"上,四面环水,学生知道老师要告状,他将逃不掉一顿皮肉之苦,便从放学出发开始,一直走到半夜鸡叫时分,老师发现绕了一圈又回到学校。学生总是说,还有四五里地,明明是圆心到圆周半径的距离,他俩却在圆周上运动,永远离学生家是四五里地,老师走得腰酸背疼,却又哭笑不得。这事成了师生们一辈子难忘的笑料。这学生姓刘,现在人称刘总,就是今天带我清塘的塘主。老刘前些年在省城搞拆迁,赚大了,这两年形势紧,赚头小,他撤回老家养鱼、养螃蟹,说图个日子快活。车子径直开到"堎子"里,以前种稻子的良田全都被挖成了池塘,农户全都变成养殖户,挣钱多,政府也支持。我朝四周看去,水面一格格像镜子一样晃眼,"堎子"间筑了坝彼此相连,不用船来船往了,甚至有一条高速公路,横贯圩子南北。我脸上有些失落,老刘看出来了。老刘说:"文人嘴脸又暴露了,千万别!要挣钱就得变,不变就没翻身的机会。我那些年在城里凭什么挣钱,砸烂旧世界!"理也许是这个理,我心里还是过不去,我说:"咱开工吧。"

老刘早做了准备,鱼塘里的水已经抽得差不多了,大鱼小鱼在里面闹腾得欢。我也做了准备,从后备厢里搬出一箱白酒,一人发了一瓶。我正要脱鞋扒袜子，老刘说："慢，递给我一套连身橡胶服。"我看一眼他手下的雇工，人人都穿了这玩意儿。毕竟是养殖鱼塘，我们收获不小，而且种类齐全，有螺丝青、草青，也有鲫鱼、鲈鱼、昂刺鱼。雇工却告诉我，这是刘总事先布置的，现在养鱼都分塘，品种不同，喂食、防疫各不同，这些鱼是专门凑来的。老刘哈哈大笑："我就是想骗你高兴一回。"原来，现在鱼塘起鱼不再是水落鱼见，而是网捕。清塘捉鱼已经行不通了，那种泥浆里呛过的鱼活不长久，进不了城，城里人只喜欢活鱼。

我当然被老刘设的局感动了。我总觉得找不到少年时代的感觉，疑心是穿了那橡胶服，腿与泥水隔了，戴了皮手套，手与鱼虾隔了；疑心是塘埂上没有点上火堆，没有火苗的升腾和烟雾缭绕，缺了当年的热闹的气氛；疑心是塘埂上只有萧瑟的枯草，没了看客们墙一般密实的人影以及鼎沸喧哗，老家人说的"人来疯"进入不了"疯"的状态。我最后归结于，那时候的我，捉到一条鱼就有一顿美餐，有动力、有追求、有想象力，不像现在的我，任何山珍海味都只是餐桌上的菜而已。发小的好意让我明白，"鱼非鱼，子非子"，清塘只是我们美好的少年梦了。

许多文人都恨过自己的家乡，沈从文曾经逃离过湘西，鲁迅曾不愿回绍兴，莫言当兵离家时也暗中发誓再也不回到高密，但最终他们都对故乡一往情深。我想这是因为少年的伤痛总会被岁月抹平，故乡是作家永远绕不开的创作源泉，哪怕只有一丝丝温暖记忆也能陪伴终生。我们这样的小人物，无"鸿鹄之志，甘于燕雀之乐"，觉得受荆棘刺痛是人生难免的，不肯忘却那些尘埃里的阳光瞬间，就如记忆中这"清塘"的乐趣割舍不下，虽说愚昧冥顽，却也是平凡人生离不开的幸福闪回。

年末同学聚会，居广州的同学说："有一回随手读一篇小说，觉得亲切，读到把'泥鳅'写成了'鱼鳅'，认为这作者肯定是老乡了，只有我们老家人'泥''鱼'不分。翻看作者，就是你。"我有些惭愧，语文老师不该犯这错；我有些幸福，我们虽各处天涯海角，家乡的方言也能让我们心有灵犀，传递温暖。

桂香街

知道镇上有一条桂香街之前,我只知道有一种花叫桂花,老鼠屎大小,金黄,而且喷香。对于一个对花香嗅觉不灵敏的男孩子而言,对乡村的菊花、桃花、石榴花只记得花的模样,花香记忆几近淡漠。我从小生活在圩区,不知道什么原因,我居住的村庄没有一棵桂花树,以至我误以为,桂花树只是长在山区。我知道桂花不是从桂花树上看到的,而是从我外公的茶罐里,从黛玉葬花的故事出发,我见到的是桂花的"尸体",而且是"干尸"——晒干的花瓣。但是那个香,那种不需要耸动鼻翼就陶醉了你的香,让你惦记它如惦记初恋的姑娘。外公说,再差的茶叶,哪怕只是茶叶杆子,放上几颗桂花粒,也成了入肺入心的香茶。

嗅到桂花香,我就想念外公。

外公姓葛,葛姓在圩区算得上赫赫有名的大姓,绵延几千米的一个村庄,老少几千人几乎全是一个姓氏。外公的辈分在家族中最高,据说他穿开裆裤时就有一半村人称他为叔,幼时常常听到白发苍苍的同龄人尊他为爷爷或叔叔,我大感不解,外公却大大咧咧地应着,是一脸长辈模样的自得。其实,辈分越高,说明支脉发展越慢,家境越贫穷,被结婚生子晚耽误下来了。外公的童年极其不幸,太公太婆相继谢世。11岁的外公就独当门户,外公吃力地举着远比他高一倍的铁锄,侍弄太公太婆留下的一亩薄地,但外公最不能忍受的却是独居的孤独,外公在漆黑的深夜,蜷缩在太公太婆睡过的那张大床的一角,常常被无边无际的寂静压迫得几近窒息。因此,夏天,他在自己的小茅屋中放满了鼓噪的蝈蝈,冬天,他将为他守门的老狗追打得嗷嗷直叫、驱逐孤寂的奋斗多年后外公还记忆犹新,以至在给小学生忆苦思甜时一发不可收,冲淡了他控诉地主罪行的主题。成长为少年后的外公开始投身家族的活动,耍龙船,舞龙灯,逐渐成为小伙子们的主心骨,并且外公长得人高马大,孔武有力,下河能罱泥,上岸能扶犁,干得一手好农活儿,十六七岁时已是村内村外地主们抢着雇的长工了。

外公的茅屋开始成为村里最热闹的去处,外公在这情境中找到了一个全新的自我,热闹久了,便惹出事来,外公和一群村里人去县城赶庙会,渴了便往沿街的茶室里坐坐,不承想人家嫌他们寒酸不让进,他们便偏偏要进去,坐定了就倾其所有点茶喝,却还是无人上茶。外公他们终于耐不住寂寞,将桌上的茶杯掷出"悦耳的音乐",等待掌柜来论理。掌柜出来时,左手架一把紫砂宜兴壶,只冷笑一声,右手顺势将一桌的壶盏杯盘扫落在地,外公来不及惊愕,跑堂的伙计们也跟着将所有的茶室的器皿砸到青砖地上，一时间茶室中银瓶乍破，"光流彩溢"，有见过世面的人只来得及在外公耳旁嘀咕一声"糟糕"，便见门外冲进来一帮端着枪的县署警察，外公不知道畏惧，发一声喊与另一个伙伴招架住这帮警察，居然一人打趴下他们七八个，直到枪口抵到腰上才罢了手。

茶馆是县长家开的。外公这一次自然吃了大亏，领头的俩人被关进大牢，外公当然逃不脱，后来是经村里头面人物担保才出来，还赔偿了茶馆的财产损失，当然包括茶馆掌柜带领伙计们砸掉的在内。不过，这事却为外公的拳脚功夫增添了传奇色彩，新中国成立后此事被光荣载入公社革命斗争史。

我私下里问外公那时怎么有那么大的胆子，外公嘿嘿一笑，说："都说那家茶馆的桂花茶沏得香，本来贪那一口茶，后来是咽不下那口气。"

从我有记忆起，就记得外公有一个黑亮的总装着桂花粒的瓷罐，每年下半年他去镇上开会或者办事，他有可能忘掉别的事，却忘不了去桂香街买桂花粒。

外公绝不是乡村里仅有力气的莽汉，那样最多能赢得村里男人的佩服。我亲眼看见外公的洒脱飘逸，是在暑假劳动的水田里。那个时代小伙子栽秧都有讲究，会穿长裤、着长衬衫，闲时挽起袖子，露出的白皮肤在姑娘们面前十分抢眼，但也带来了新考验，在泥水中待一天下来，收工路上浑身泥渍的小伙子往往成为大姑娘小媳妇的取笑目标。老一辈人都夸过外公栽秧的活儿干得好，但年轻人不服，有麻利的小伙子向外公挑战。外公已是年近花甲，在一片起哄声中居然也笑着点头同意了，外公穿一身中式衫裤,袖管锁住腕子,裤管挽得离水面仅寸许,手起手落,不溅出星点儿水花,双脚移位,平稳得竟溅不起细微的涟漪。一趟秧插得稳而快将小伙子们甩下一大截,女劳力们在白衬衫上找不到一点泥星,若干年后我知道了跳水运动的评分标准,我才知道外公练就的不仅是插秧技巧,还是一门手指压水的轻功,我无法想象,年轻时的外公为了博得这排山倒海的赞叹,要比别人多流淌多少汗水。

无独有偶,在莫言先生的自传体小说中我也读到了相似的一幕,莫言的富农爷爷为了给做农活儿的孙子励志,破例下地割麦子,也是一身白裤衫一尘不染,也是一马当先领先劳力们多少身位。我猜想,他们可能是传统农耕时代最后的明星。

这样的长辈,这样的领头人,当然可以端着桂花茶,站在田角上指挥他人,指东划西。

土地改革后,30岁的外公顺理成章地成了村里的贫协主任,接下来当了30年的村党支部书记,用不着猜想,外公在村里拥有至高无上的权威,拥有全村老少的拥护和敬重。建立互助组、合作社"大跃进"、"文化大革命",浩浩荡荡的群众运动中外公领导的全村一直是上级表扬的先进村,外公作为干部,白天要参加各种大会,但外公又是村里屈指可数的犁把式之一,离了他,生产队的春耕秋播效率低,就会误农时。白天,外公走几十里风风火火去县公社开会,晚上则领着犁把式们不歇气地干通宵。深夜里田野上一串响鞭伴一串山歌,倒使一村人睡不成觉。开始揪斗"资本主义当权派"时,外公主动将自己绑了到台上挨批,一村人默默地看着他,却无人肯上台批斗他,无声无息的冷场,恼得外公昂起头来祖宗八代地骂村人不争气,俨然是又在村大会上做报告。

外公沮丧的是,镇上的茶馆早就关门了。尽管茶馆早已归公,喝香茶这种资本主义生活方式还是被禁止了。我奇怪的是,他还是能从镇上带回桂花粒,那条桂香街上有谁还在替外公攒桂花?高中毕业后我考取了江苏师范学院,在苏州学习生活。开学的秋天,校园里满是扑鼻的桂花香,食堂门口的桂花树枝繁叶茂,枝头的桂花摇曳,华美璀璨。冬至那天,苏州人喝的冬酿酒也充满桂花香,喝一口,唇齿间居然有桂花粒。苏州也属于江南水乡,既然苏州能金桂飘香,我的老家圩区也一定能栽植桂花树。惭愧的是这样的想法只是一闪而过,却不知道从哪里去弄桂花树苗,最后还是耽误下来了。

外公大名葛昌旺,不喜欢寂寞,命运却偏偏与他作对。外公只有我母亲一个女儿,尽管他送我母亲读完了卫生学校,把我母亲培养成了能拿工资的人,但却没有儿子,这在当时的农村是他莫大的隐痛,好在我的父亲是城里来的教师,结婚后就住在外公家,让他能遗忘些许对家脉传承的失落。

外公内心的孤独何时从一叶锯齿草陡变成一把噬咬他生命的大钢锯,或许应该从农村实行责任制后算起。外公不习惯一个人站在偌大的一块地里干活儿,感觉自己是那戳在田野中孤单的电线杆。外公不喜欢村里的年轻人春节后候鸟一般飞散,再无小伙子醉心田里的庄稼,外公披着一件棉军大衣,徘徊在村巷,晚辈人依然恭敬地立在一边让路,同龄人依然殷勤地让烟,外公却忍受不了村庄的宁静,怅然若失,外公的热血在寂静中变冷,常常独自将一壶桂香茶捧在手中忘了啜饮。

外公在任时唯一的遗憾,便是上级不许村里习拳舞龙。等到政策放宽,外公已是风烛残年,时值腊月,村里的年轻人陆续回村。外公辈的老人们一夜之间恢复了青春,村头的稻场上又悬起雪白的汽灯,铿锵的锣鼓声响彻村庄的上空,击打每一个人的耳膜。外公担任教练,老胳膊老腿已变得僵硬,但精力充沛,自始至终守在那里张罗。外公鹤发童颜,饭量陡增,走起路来脚下生风,母亲回忆外公这段日子,总说这是外公去世前的回光返照。外公死得很偶然,回家吃饭的路上一脚踏空便倒地中风,一个星期后便撒手而去。

外公终究没有看到村里他教授的拳术表演,也没能看到村里扎成的大彩龙,外公临终前的要求,是不要把他葬在按辈分安排的祖坟地,而是将他葬到公路边,让他能天天看得见公路上喧闹的车水马龙。

外公是希望死后也能凑一份热闹,我懂。那时我已经大学毕业在镇上的中学教书,我的宿舍就在桂香街,桂香街就剩街角一棵古老的金桂树,据说有100多年的历史了。秋天,我几乎天天看到一位老人,她将报纸用砖块压在树下,然后在自带的矮凳上坐下,等待着花瓣在风中飘落,等,似乎等100年也不厌倦。我常常疑心,外公那些年的桂花粒就是从她那里购买的。我遵嘱将外公葬在公路边,将外婆移过来合葬,在土堆成的坟前,我种上了一株金桂树。

有人喜欢暗香盈袖,有人喜欢清水无香,我的外公喜欢浓香四溅,枝摇花颤。

每当听到刘德华的那句歌词"在人多的时候最沉默,笑容也寂寞",我会不由想起我的外公,我忽然觉得外公其实活得远比我们乐观,他一生都在驱赶孤独,并执着至终。外公追求的欢乐是一种踏踏实实的欢乐,他害怕的孤独就是伸手可触的孤独,而我们生活在今天,孤独如同雾霾常见,我们心无斗志,静若止水,即使权倾朝野、腰缠万贯,又有几人能享受到那处在人群中的欢乐,又有几人能真正做到洒脱地面对孤独?

我们现在追求宁静,是因为我们闹腾得太累,我们躲避喧闹,是因为我们害怕在喧哗与热闹中失去自我,我们习惯了在欢乐的节日冷眼欣赏荧屏上明星制造的欢乐,习惯了在喜庆的日子去燃放没有硝烟没有纸屑的电子鞭炮。

老陶的"世界胸怀"

老陶是我的发小,低我几届,我当年考上江苏师范学院,他还在读初中,他提前把我所有的复习资料接收了,轮到他高考,他考取了一所旅游学校,读烹饪专业。村里人笑话他,做个大厨,还用得着专门读两年书?我内心羡慕他,我们小时候挨过饿,他这饭碗不错,一辈子能吃饱,还常常有机会挟几筷子大鱼大肉,厨师尝尝菜的味道谁能拦着?

毕业后分配我到老家做了乡村教师,他留在省城一家涉外饭店做了厨师。逢年过节回老家,他惦记着我这位落魄的教书匠,常常去中学看望我。那年代流行抽外烟,"三五""万宝路"什么的,他总捎几包给我尝尝。老陶是见一回胖一圈,他往我那寒酸的宿舍一站,真应了蓬荜生辉这个成语。老陶说:"看我这脚上的皮鞋,意大利产的;这春秋衫,法国巴黎产的;这头发上抹的发蜡,美国产的。"我看那头发,依然是黑颜色,老陶手指点着脑袋说:"头发是我的,头发上抹的发蜡是美国产的。"老陶腆着气派的肚子,豪迈地说:"我这一身上下,世界胸怀!"我怎么也没觉得老陶这身打扮与"世界胸怀"牵扯得上,要说也只能说是"世界名牌",但我吃了人家的嘴软,没敢啰唆。

世界日新月异,社会飞速发展,我后来调进了省城一所外国语学校任教。最初两年,老婆孩子还留在老家,我时常去老陶那里蹭饭。老陶结婚迟,那时他老婆刚生女儿还住娘家,老陶欢迎我去,说俩人吃饭他才提得起精神下厨。但我去过几回就怕了,老陶烧的菜确实好吃,但老陶的唠叨我受不了。老陶自学英语,每次非逼我和他英语会话。拜托了老陶,我的专业是中文。老陶说,我的专业是中餐,我不也在学英语?我们得有世界胸怀!我心里说:你哪怕学做西餐,也比这学洋人语言靠谱。岁月如梭,老陶女儿小学六年级那年,老陶突然给我打电话,说设家宴请我,五星级饭店总厨师长老陶亲自掌勺。我心里直打鼓:老陶莫不是想把女儿弄进我教书的外校上学?我一普通教师,实在没有那能耐。但是,破鼓要当面敲,丑话要当面说,莫非老陶还敢真把我赶出他家大门?喝酒前,我让老陶有事说事,免得酒后说话误事。老陶正色说:"确实有事请教,想把女儿送到波士顿一家私立中学读七年级,你们外国语学校中外学生交流活动特别多,想请你老兄给我们提点好建议。"我松了一口气,人家老陶有世界胸怀,根本没瞧上我所在的中学。但是看着他女儿稚嫩的脸庞,我心里还是不轻松,这两口子怎么舍得把这么小的孩子送出去?

老陶有世界胸怀,他老婆未必有。好在老陶工资高,不差钱,两口子攒够假期,就飞往美利坚合众国。她女儿在那边的寄宿家庭挺好，一对老夫妻待小朋友如同自家孙女。老乡聚餐时，老陶总忘不了展示手机里女儿阳光快乐的照片，有了微信后，老陶当然更有机会显摆越长越美丽的女儿。大伙想想自己儿女的中学生活，周有周考，月有月考，中考高考如山般压着喘不过气，自然都夸老陶的女儿有福气，为老陶有国际视野、世界胸怀点赞。

春节前，我在一处街道边的行道树下碰见他。他在寒风中呵着手，说等女儿下课。我说："怎么，女儿回来读书了？"老陶点点头又摇摇头。原来，人家美国上大学也要考托福和赛托，老陶用国际眼光扫了一遍全球，这洋人的考试居然是中国人考得最好，咱大南京的孩子一不小心就考满分。圣诞节放假，他让女儿回国上应试培训班。我笑了："老陶，你当年送女儿出去不就为了逃避应试教育吗？怎么又绕回来了？"老陶说："世界胸怀，其中中国是重要的组成部分，咱中国人怎么也不应该忘怀。"

痛　点

最近央视"朗读者"节目中，作家麦家朗读了自己给儿子的一封信，信是写给即将启程赴美留学的儿子，麦家坦言，儿子已经关门3年，拒绝家人擅自闯入。麦家的浙江普通话不咋地，但真情却击中了观众的泪点。我相信有很多观众的泪水中饱含了辛酸和无奈，因为他们家中也有一个逆反的孩子。麦家击中的不是泪点，而是痛点。

不知从什么时候开始，我们习惯了这样一些场景。去亲戚朋友家坐坐，你想见见他家的孩子，几年不见了，该是大姑娘、小伙子了，女主人说："不好意思，孩子在做作业。"有给客人面子的，会喊孩子出来喊一遍"伯伯""叔叔"，孩子喊完又急忙返回房间，弄得客人好不自在，好像一不小心将武林高手的十年功力毁于一刻。亲朋好友聚餐，很多家长不想带上孩子。孩子懂事，除了吃喝就是玩手机；孩子不懂事，一不高兴就给父母甩脸子，弄得父母下不了台。见过一个母亲，在桌上无心吃菜，始终小心翼翼地观察儿子的神色，真有"伴君如伴虎"的惊惶。

我们是怎样扶持起"小皇帝"的？老话说，"子不教父之过"，做父母的确实应当反思。我们做父母的，把儿女的学习看得大过天，从重点小学、重点中学到重点大学全程设计好，提心吊胆地盯着，生怕在某一环节掉了链子。衣来伸手，饭来张口，车接车送，各种侍候，孩子没来由地凌驾于家人之上，成了6个大人的"至尊"。孩子考得好，全家人欢天喜地；孩子考差了，全家人愁眉苦脸。这个小"皇上"也高处不胜寒，日子过得压力巨大，人家有点脾气奈之若何？有一回，我星期天去30年前的学生家，大晌午了，他家公子还坐在被窝里吃早饭，床上架着一锯了腿的方凳，当桌子使。我以为小朋友生病了，其实不是，他家公子星期天习惯了在床上用餐，在床上做作业。真想替那当爸的掀了被子，好好教训他家公子一顿。一看那做父母的诚惶诚恐的脸色，想想还是罢了。

在中国做老师有职业约束，不能打孩子。有一年新加坡某所名校的学生来我任教的中学交流，我教文学课，课堂纪律之好令我难以相信，下课一打听，人家学生违纪是要挨板子的，即使成人违法乱纪也有鞭子侍候。我们做老师的不敢打学生，却有不少人教训自己的孩子一点不手软。我的一位同事，女儿一直是年级尖子生，初三有一次使了性子，把自己房间门关上并反锁了。当物理老师的爸一点都不顾斯文，一脚将门踹了一个大洞，刚装修的新房子呵，那个大洞一直"张着大口"到女儿高中毕业，还不准补门。这一脚踹得厉害，不踹，女儿的门也许就朝父母紧闭3年了。这个蛮横的老爸说："要打就要从小打起，打惯了就有了规矩。"想想有道理，等到上初中高中了，你再动手教训，迟了，人家说不定跟你来一出"离家出走"！要补充一句的是，物理老师的门现在补好了，他女儿从麻省硕士毕业如今已是硅谷精英。

还有一个办法，就是早点放手让孩子自立。当孩子独自面对一切，他不得不独立自主，长大成人。那位床上过周末的公子，高中毕业去了澳大利亚留学。在那边，没人料理他的吃穿住行，没有人替他安排开支计划，在过了一个学期捉襟见肘、无人买账的日子后，他成长为一个成熟的"大人"。最近他回国随父母来见我，穿着干净朴素，行动利索大方，简直是换了一个人。我想，如果我们中国家庭改变对孩子"众星捧月"的现状，让儿女从小渐渐学会自己料理生活，儿女的未来是不是就会不同？穷人的孩子早当家是一种可能，独立的孩子能当家也是可能。

我承认每个孩子在成长过程中都有一段叛逆期，但这绝不是教师和家长放任孩子的理由。改变我们的功利思维习惯，改变我们自以为是的教育理念，我相信可以抹去那个刺疼我们身心的痛点。

泪 点

讲实话，那里实在不像是煽情的地儿，既没有"风萧萧兮易水寒，壮士一去兮不复还"的激昂悲壮场面，也没有"杨柳岸，晓风残月"的凄婉情境。只有半个篮球场大小的空间，用布带隔成了窄窄的通道，刚刚够一个人推着行李车通过。那个小人儿推着行李车消失在通道的尽头，朝你挥挥手，你想再看一眼，那小人的身影已经消失了，你只能看着那排高大而漠然的隔离墙。说是小人儿，并不是个子小，说不定男生的身高已高你一个头，虎背熊腰；说不定女生已袅娜多姿，长发及腰。但在你的眼里，都只是个小人儿，仿佛还是那个上学路上牵在手中的儿童，仿佛还是那个牙牙学语躺在摇篮中的婴儿。通道的入口处，做母亲的已泪眼婆娑，或者奶奶和姥姥已老泪纵横，这时候，做父亲的那个男人怎么办？有的人控制着，不让泪水涌出眼眶；有的人躲到拐角处，擦干了泪水再回来安慰家人。

我讲的是上海浦东机场国际航站楼的 3 楼，国际航班的入口处。

每逢春节,我们一帮孩子不在国内的老同学,往往会组织"空巢老人"聚会。有一回某位女同学提了一个问题:"你在入口处送别孩子的那一刻,有没有流泪?从实招来。"做母亲的都坦然承认:哭了,我一把屎一把尿拉扯大的孩子,说走就走,一走就隔着千山万水,我这当娘的能不哭?男人则有各种表现:有诚实的,如老张,说送一回哭一回,想不哭可忍不住泪呀;有俏皮的,如老李,说此刻不哭更待何时?本来孩子在家,当娘的那位白天黑夜忙孩子,吃喝拉撒、家教接送与考试陪读,独自承担。孩子一出国,"三大纪律八项注意"不就冲着我一人了?我想想也伤心和害怕。老王喜欢扮演硬汉,说:"男子汉大丈夫,有泪不轻弹,我才不撒猫尿。再说孩子出国求学是好事,应该高兴才对。"老王大话说完,引来一桌人的"嘘"声。这家伙就是煮熟的鸭子——嘴硬,有一回在一起小聚,留学归来的小王来电话了,放下电话,老王的眼睛就红了。原来是小王告诉他,晚上在中餐店点了一份辣子鸡丁,舍不得吃完,打包回来做第二天的午饭菜。老王说:"这小子,在国内怎么会想到打包?"我说:"这是好事,说明孩子懂事,会过日子了。"老王的猫尿还是没忍住,撒了。

浦东机场国际航站楼的2楼,是个让人高兴的地方。那里场子大,空旷到可以踢足球。国际航班旅客的出口处就设在这儿,也有隔离的通道,但用的是不锈钢管或者铝制管做栏杆,想想也是,有的父母提前几个小时来接孩子,眼巴巴地候着,累了脑袋就架在栏杆上,倘若是用布带还真不行,布带载不动这做父母的许多情。期待着那个小人儿出来,下飞机了,手机都开机了,以为是旅客出来了,却先看到的是空哥空姐,帅是帅,靓是靓,可现在顾不上看一眼。终于,在轰隆隆的行李车后面看到了那张朝思暮想的面孔。那小人儿突然将行李车撒手了,扑过来,抱住了老爸或者老妈,我相信,这些人群中的父母,有很多人是孩子成人后第一次拥抱自己的儿女。都说咱中国人含蓄和矜持,未必,只是没到动情处。早有边上的陌生人将行李车截住了,羡慕地看着享受幸福的父亲或者母亲,尽管拥抱的动作没有老外那样熟练,不急,多练几回就好了。如果细心一点,你会发现,此刻实实在在抱着亲骨肉的父母,眼中往往有泪光闪烁,别误会,那是快乐的泪光。

我认为,每个留学生的父母泪点都很低,至少我是如此。自从我将女儿送进那个国际航班的入口处,我就变成了多愁善感的小老头,在很多想念女儿的时刻,泪水打湿我的脸。我解嘲说,是那个地儿把我变成了诗人,把我们变成了诗人。

哥廷根笔记

小城大学

哥廷根确实是个小城，据说不到13万人口，光一个哥廷根大学就有3万多名学生，占了城市人口的近四分之一，接待我的东亚系老师说："您在街上走，常常会怀疑自己是不是产生了幻觉，怎么又碰到了刚才遇见的那拨人。这不是幻觉，就是他们，因为小城就这么多人住着，走出了大学，也就只有步行街那几个去处。"这说法当然有些夸张，欧美的大学城，很多都是这样的小城小镇。以前我的学生出国留学，回来常发牢骚，哪里是什么发达的资本主义国家，根本就是一社会主义新农村。这话不只是夸张，应该是浮夸，用不着别人纠正，住几年下来他就晓得自己说错了。比如这哥廷根，从我住的山坡公寓往下看，小城被山包围，环山似乎就是哥廷根的城墙，一眼就能看到边。而它原来的城墙，现在成了人们散步的大道，据说个把钟头就能绕一圈。我寓居的区域,据说是富人区,从表面上看,挤挤挨挨,没有中国富豪圈地筑园的豪情。从路边泊的小车来看,这个以制造豪车闻名的国度,国民们似乎并不买账,很多是日韩车,也有奔驰、宝马车,不过都是家用的普通车型,拿得出手,炫不出富。或许,哥廷根人根本没有炫富的激情,他们对富有有着另外的解释?你想一想,这所大学的校友中有着40多位诺贝尔奖获奖者,小城里许多看似普通的街道,却有着不普通的名字,如"高斯路""韦伯路""波恩环道"与"弗兰克环道""维勒路""塔曼路""洪堡大道""科赫路""格林兄弟大道""黎曼路""本生路""普兰特尔路"等。它们都是以在哥廷根学习或者工作过的著名学者、科学家命名的,每一个名字,都反映了这座城市和这所大学的一段历史,也反映了人类科学文化发展的一段历史。这样的富有,堪称富可敌国,走在这样的街道上,所谓的"富豪"会觉得自己原来是一个乞丐。

七八年前,我走在都柏林的利菲河畔,曾经有过彻骨的虔诚,利菲河上有3座大桥,桥的名字分别以乔伊斯、贝克特和奥凯西三位作家的名字命名,仅仅这3座桥的名字就让每一个远道而来的作家对都柏林陡生朝觐之心。而哥廷根不仅仅产生过文学大咖,更有法学、哲学和自然科学诸多门类的泰斗、大神,阵容称得上极其豪华。

因为倒时差的缘故,白天不敢睡,我就打起精神去逛街,有趣的是,这里也有一条老街,也称作"步行街",这条老街的"老"是有目可睹的,街两边的建筑是典型的日耳曼风格,看上去有历史的房子都镶了金属标牌,记载了建房的年代。有一幢楼居然有3块标牌，分别记载了3次重建的年代，一点也不含糊。我比较关心街头的雕塑，尤其是传说中的抱鹅少女。我出行前备过课，她是《格林童话》中的人物，顺便提一句，格林兄弟也是哥廷根大学的校友，他们曾经在哥廷根的街头搜集童话传说，这让我联想到曾经在齐鲁乡间搜集故事的蒲松龄。格林兄弟走了，抱鹅少女在哥廷根街头被留了下来。我曾经在《扬子晚报》专栏上写过一篇文章，介绍多伦多街头的雕塑，人物雕塑都小，与真人一般高矮，即使他们是创造历史的伟人。抱鹅少女也一样，就是一个小姑娘，小到如果放在街面上会被人流遮蔽，所以专门设了一个底座。在《格林童话》里，她是一个被仆人拐骗的公主，沦落为牧鹅姑娘。而今天她之所以闻名世界，是因为哥廷根大学的博士们，在毕业那天，都会坐着小车专程来亲吻她，向她献上鲜花。我的运气不错，我流连在雕像前时，正好遇到了一位前来献吻的男博士。因为是步行街，博士是坐在一辆人力三轮车来的，拉车的人应该是他的家人或同学好友。博士戴着博士帽，西装革履，爬上栅栏时有几分笨拙，让我想到老家方言中的一个词——呆头鹅。

  我感兴趣的是那辆三轮车，简易到不能再简易，三轮车被装扮成了花车，在车两边还贴有博士的照片，从小学到初中、高中、大学各个阶段的照片。博士从校园来到雕像前，双脚不能沾地，你一定想到了中国人嫁女儿的习俗，是娘家人背上花轿的，对吧？

  走了十几分钟，带路的女博士小楠告诉我，老街走完了，我此行是应邀来哥廷根大学做驻校作家的，时间为两个月，也许我还会走这条老街 N 次。放慢脚步，脚下每寸土地都有故事。

在哥廷根做居家男人

去年春夏之交，我有幸成为哥廷根大学的驻校作家，在哥廷根待两个月。校方给我提供了一套公寓，有独立的厨房，我开始不以为意。老外的厨房里，使用的都是电磁灶，不适合中国式的煎和炒，我没打算自己下厨，一个人过日子，随便对付就行。

从法兰克福到哥廷根已经是半夜，第二天早上，接待我的老师早已给我准备了牛奶、面包和水果，这和我在国内的早餐基本相同。中午，东亚系的几位老师领我去食堂用午餐，哥廷根大学有六处食堂，我们去的是文科片学生食堂。人多，大家都规规矩矩地排队，轮到我时，我傻了眼，除了面包三明治，就是花里胡哨的面条和可疑的拌饭。我语言不通，用手指比划着点了颜色鲜艳的拌饭。第一口饭进嘴，我便为了难，吐不能吐，吞难以吞，眉头一皱，还是说服我的胃，坚定地吞了下去。人可以对自己撒谎，却无法对自己的胃撒谎。我努力把那盆饭吃完，决定余下的日子不再走进食堂一步。

接下来去哪里吃饭？我在哥廷根的街巷转悠。好在哥廷根不大，就是一座大学城，我先是发现了一家越南餐馆，盯着食客们的盆子看了一遍，确定有一款炒饭是牛肉加辣椒，毅然决然点了一盆。20 欧元，不便宜，吃了几顿还是厌了。又找到一家印度餐馆，那饼还不错，只是所有的菜肴，端上来都是糊状。终于找到一家中餐馆，店名为"北京饭店"，就在校长楼附近的街上，真是应了"灯下黑"的俗语,我来来往往走过那条街很多次却没发现,踏破铁鞋、蓦然回首,它在"灯火阑珊处"。记得那一次,我点了辣子鸡、青椒肉丝,还要了一瓶啤酒。出门时,我是唱着歌儿出门的,歌名是《我爱北京天安门》。

但是,一个拿着人民币工资的人在欧元区消费,心里一换算,还是胆气不足。我决定自己做饭。第一步是买菜,我住在格林兄弟大街,没看错,就是著名的童话大王格林兄弟,他们曾住在这个街区。哥廷根大学有40多位校友曾获诺贝尔奖,哥廷根说白了就是个小镇,遇到以名人名字命名的街道和广场是常事。街边就有一家大型超市,我买了牛肉、猪排,又挑选了几种蔬菜。电磁灶不适合炒菜,但可以煮呀,将肉扔进锅,加酱油、加醋,水烧干了,不就是红烧牛肉、红烧排骨吗。老外的蔬菜基本上用来生吃,我一煮,就成了菜糊糊。我给自己开了一瓶啤酒,庆祝自己做了第一顿饭。肉很香,菜糊糊就当汤喝呗。

在哥廷根大学,我给中德文化比较专业的研究生上课。有几位学生发现我不在食堂用餐,就派出一位中国留学生做代表向我申请,询问大伙能否到我家吃饭。我找不到理由拒绝,只能表示欢迎。年轻人好吃肉,那牛肉、那猪排价格不菲,我又另购了一堆蹄膀,这东西在德国特便宜,又是红烧又是炖汤,年轻人吃得锅底朝天,吃完了还不停地吮手指。一不小心,我就赢得了"中国大厨"的美誉。当然,盛名之下,我不得不请我的学生们又吃了几次。

从德国回来,我在家又练习了几回红烧菜,红烧鱼、红烧肉、红烧猪蹄。佐料地道,厨艺日进,每次都能赢得老婆的夸奖。我洋洋自得，觉得自己不该去做什么教师，去当什么作家，要是做大厨，肯定名满天下了。有一回女儿透露了真相，女儿说："您菜做得再差，我妈也会夸您，要是批判您，您就再不肯下厨房了，她傻呀？"

我听了很有挫败感，但是仔细一想，德国之行的单身日子，我还是有一个收获的，每天晚餐前喝罐德啤，味道真好。有一次德国学生来南京，我点喝惯了的德啤招待，学生用结巴的中文说："余老师，这不是我们德国产的啤酒，这上面的德文写着产地是中国。"

我尴尬地笑了，却明白了一个道理：酒也好，菜也罢，它们的味道其实都会变魔术。你想念哪里了，它们就是哪里的味道。

乞讨者

哥廷根的礼拜天，街头基本没有开张的商店，步行街上却依然热闹，咖啡店依然飘出咖啡和奶酪的香味，街边摆着几排桌椅，人们静静地坐着，很多人手里都捧着一本书，他们喝一口咖啡，或者吸一口烟，然后又沉浸到书本里。除了咖啡店的服务员，还有另一些人在工作，那就是街边的乞丐，严格来讲，其中一部分人并不是乞讨者，比如演奏乐器的、做沙雕塑形的，他们是街头艺术家，只能算卖艺。也有纯粹的乞讨者，有那么一位女子，看上去清纯似大学生，她捧着一只纸杯坐在地上，眼睛眨巴眨巴盯着路人，等着过客给几枚硬币。真正让我惊讶的是一位男子，30多岁，衣着干净，坐在街边有阳光的一侧，右手边是一条大狗，乖巧地卧在他脚边。他的面前摆着一只手工编的藤篮，里面有零星的纸币和硬币。而他的双手捧着一本厚厚的书籍，全神贯注地阅读，甚至忘了给丢钱的路人道一声谢。

在我到过的城市中，哥廷根是书店最密集的城市。仅仅在小小的步行街区，就有七八家书店。这里的书店不大，但注重阅读氛围，有许多是和咖啡屋连在一起的，你可以一边享受咖啡，一边在店内书架上挑选自己喜爱的书籍阅读。这让我想念南京的茶馆了，在我单位的附近，有几家茶室，里面也有高高低低的书架，有文艺书籍和杂志可以取阅。在我赴德的前一个星期，我回老家看望老父亲，走在老街上居然发现新开了一家书屋，书屋里也有茶和咖啡供应。所不同的是这里是卖书，客人可以先试读感兴趣的书籍，再决定是否买下，顺便卖饮料。而我们国内的茶馆是不卖书的，可以看，不可以买走，卖饮料才是目的。听说国内的实体书店前景堪忧，有些航母级的大书店也不得不关门，我想，有时候是船小好掉头，我们是否可以试试德国人这种经营书店的方式呢。

按照驻校作家的计划，我将在哥廷根有一个作品朗读会，地点是在校外，面向哥廷根市民。我刚到哥廷根不久，媒体传播组设计的海报就有了几种方案。我来之前，央视的"朗读者"节目十分火爆，民间的读书会如雨后春笋，但是民间的朗读活动并不多见。不知道我在哥廷根的作品朗读会会不会冷场。朋友告诉我，这是德国人常见的读书方式，用中国人的话解释，读书是"独乐乐"，读书会活动是"众乐乐"，而朗读会是"众乐乐"最普及的方式之一。朋友安慰我说,"朗读会"在德国早有传统,开始是源于宗教布教活动,后来扩展到把好的书籍众口传诵,活动方式已经深入人心。

闲暇的时候,我常在市区的街心花坛小坐,在这里,我的手机可以接收到哥廷根大学的网络信号。长椅上坐着老人,也有年轻人和孩子。留心观察,你会发现,中老年人往往拿着一本书看,而年轻人大多是在玩手机。先前我读过一位德国阅读专家的介绍,他认为,如果一个人到了13岁或最晚15岁,还没有养成阅读习惯和对书的感情,那么他终身都很难从阅读中找到乐趣,阅读的窗户会对他永远关闭。而阅读习惯的养成首先从"深阅读"开始,比如一星期看一本砖头厚的纸质书,而我现在分明感觉到,德国的年轻人也正面临着手机"浅阅读"的诱惑。

我一直没有弄清楚那位乞讨者读的是一本什么书,有人开玩笑说,说不定人家也是作个秀,为了多赚几个铜板而已。我不禁想起二十世纪八十年代,很多年轻人的征婚启事上都写这么一句:"本人热爱文学。"你现在觉得可笑,但那是一个值得怀念的年代啊。

学藏语专业的德国姑娘刘丽妮

我到哥廷根的时候,已经是半夜,项目组的芭芭拉老师开车把我从火车站送到住处。住处挺好,是一套单室公寓,我满意的是有单独的厨房,可以自己做饭做菜。第二天醒得早,时差还没倒好,我干脆去哥廷根大学校园里走走,顺便去德文系拜见一下老师们,项目组的韦凌博士跟我们有过邮件来往,她希望我能跟她的学生们见个面。于是,我见到了19位来自中、德、意的姑娘,是德语系"中德跨文化研究生班"的同学们。在得知我确定为哥廷根大学驻校作家人选时,她们就开始翻译我的小说了,她们当然希望能看到小说作者,有一大堆小说中的疑问等着我回答。

19位姑娘,没有一位男生,韦凌博士朝我耸耸肩,这一届就是奇怪。来之前毕飞宇跟我说过,哥廷根酒吧遍布,怕孤单,你可以请男生们去酒吧消遣,他曾经来这儿做过驻校作家,也是这个项目。看来,我只能另做打算了。

我这个人有脸盲症,中国姑娘常常分不清,外国姑娘更是人名和人对不上号。过了两天,项目组的另一位老师南楠,一位来自太原的女博士,通知我参加媒体策划组的讨论,我的哥廷根之行,计划中有演讲和我的小说朗读会,是面对市民的开放活动。项目组计划缜密,这其实相当于国内的前期宣传推广。讨论地点在一个咖啡馆,刚坐下,来了一个高大的白人姑娘,给我泰山压顶的感觉,后来她告诉我,她身高一米八五。她一边跟我握手一边嘴里讲了一串德语,我一个单词没听懂,但还是点头微笑。这姑娘看来难敷衍,她改用中文说:"我叫刘丽妮,上次课堂上向您提问的。"语速慢,一字一顿,但清楚明了。我抬头看看她,记住了她的脸部特征,尤其是她左侧眉头上有两颗眉钉。

刘丽妮是个聪明而活泼的姑娘,她提了两种海报设计思路,其他同学也有独立的设想。海报上需要有我的照片,我就抽出半天时间做模特,姑娘们带着我在景区和校园选景,指挥我"搔首弄姿"。在哥廷根剧院门前的草坪上,有一张艺术造型的高架椅,足有一人多高,刘丽妮猛然一跃,直接坐在上面了,我有点担心那椅子,这姑娘看上去可不轻巧。刘丽妮招呼我:"余老师,爬上来。"我真的只能"爬",手脚并用才终于落座。刘丽妮告诉我,她最喜欢爬在树上坐着。我忽然想起,我的少年时代,也是经常上树逮知了、掏鸟窝,只是现在国内的学生,怕是没有时间或者说没有兴趣去淘气了。

刘丽妮告诉我,她高中毕业后,独自一人去四川藏区做了三个月的教师,她喜欢上了藏族文化,回国后报考了波恩大学的藏语专业,大学期间她又去了中国两次,专门去了西藏。因为喜欢中国文化,她读研时选择了哥廷根大学的中德跨文化专业。

"学了藏文,你将来打算做什么工作?"

刘丽妮摇摇头:"不知道,还没想过。"

上什么大学学什么专业,当然要和将来想从事的职业挂钩,这丫头居然没想过,真的是随了自己的喜好去学习。刘丽妮和我的女儿同龄,她的父亲是记者,母亲在公益机构上班。老实说,我这样的中国爸爸,是不允许女儿如此随心所欲的。刘丽妮反问我:"为什么呢?"我可没想过为什么。

别的同学告诉我,刘丽妮学习成绩非常优秀,是德国大学生最高奖学金获得者,德语系的老师们都为她感到骄傲。刘丽妮说:"不全是好事,因为埋头学习,她失去了一些活动时间,影响了交际能力的提升,要纠正。"

我独爱杭州这一隅

都说杭州最美是西湖,我到杭州,西湖可以不去,却一定要去西湖西北角的风景名胜区,那里是山峰连绵的山区。老实说,说是大山有点夸张,与真正的大山相比,它们只能算是小弟弟、小妹妹。但说那里是丘陵地区,似乎又不合实情,山就是山,不仰头你看不到山顶,像飞来峰、文碧峰,倘若靠两条腿攀登,没有一两个钟头你也登不了顶。

西湖当然是美的,且不说在湖畔历代文人墨客留下的诗篇、痴男神女创造的爱情故事、帝王将相演绎的历史,就是只面对如镜映天的一湖碧水,你也没有不喜欢的理由。三十八年前,我还是江苏师范学院(现苏州大学)中文系大二的学生,因为学习鲁迅作品是中文系必修课,学校安排我们去伟人的家乡绍兴参观考察半个月。一夜坐船,我们在苏州到杭州的轮船上夜不能寐。正是风华正茂的年纪,那时的大学生还真以为自己是天之骄子,满怀抱负。我随身带着一本介绍杭州的小册子,内容主要是讲解西湖名胜和典故，在杭州逗留期间，我们几个要好的同学坐公交车直奔西湖，拜岳庙，驻断桥，仰望雷峰塔，俯观花港鱼，立于苏堤之上，满腔热血，对人生对爱情充满遐想。

那是我们最美好的年华，如今翻看当年留下的黑白照片，青春的记忆恍若昨日。

重游西湖，已经是二十几年以后，那一年暑假，我在浙江大学培训，天热，白天需要上课，饭后才有时间出门。西湖已经焕然一新，沿岸的树枝上红、蓝、绿灯光变幻，璀璨的灯光几乎照亮了整个湖面，水色随灯光变幻，宛如仙境。而湖畔的马路，车水马龙，商家的吆喝声此起彼伏。踏上白堤，人流如潮，几乎只能推背而走，汗味、香水味盈满鼻间。那时我已届中年，家中老人体弱，孩子面临升学，自己事业无成，心事日增。陡然觉得，这喧哗的西湖虽美丽，却不是适合我的去处。

好在这大千世界，只要你寻觅，总会不被辜负。就是那次培训期间，我发现了这一块风景名胜处。雨天，我和几位同好撑着伞，沿着九溪十八涧漫步。路是山路，溪是小溪。走一会儿，鞋底粘上了湿土，得扶着树干，用石片刮一刮。走一程，停一停，正好歇息，并不嫌因刮鞋底的泥巴而耽搁。小雨淅淅沥沥，溪水却因此湍急了不少，一路流淌"咚咚"作响。伫立溪边，山水清澈，我的老家是在固城湖边，听到水声，总忍不住要看那水中有没有鱼儿可抓。平原上的暴雨季节，流水中鱼儿喜欢逆流而上，是我们儿时抓"上水鱼"的欢乐时刻。山溪中却寻不到鱼的踪影，转念一想，有这溪水一路做伴，久居城市的我亦应该知足。

写这篇文章时，我正在中国作协的杭州创作之家休假。创作之家所处的位置极佳，一侧是灵隐古寺，一侧是飞来峰。正是旅游旺季，白天游客熙熙攘攘，傍晚我便在僻静的天竺路上行走。我这样的年纪，攀山怕伤了膝盖，跑步怕扭了脚脖子，沿着山间的小路漫步，正合我意。这一路，近处是葱茏的茶园，远处是连绵的翠竹，鸟声、虫声加上溪水声，与我心相印。

庄子说"天地有大美而不言"，这美"偃然寝于巨室"。年轻时我们壮怀激烈，追求山高人为峰，一览众山小。到了知天命之年，便开始追求宁静，畏惧喧嚣，这时我才明白，在天地大美面前，人对自然的好恶是多么浅薄和无礼。

故乡只在心中

我的故乡是一个叫茅儿墩的村庄，它坐落在固城湖畔的圩区。我的父母在村旁的一所学校做教师，我在这个村里生活了十多年，我所有关于少年生活的记忆都离不开这个小村，离不开那间青砖黑瓦窗户狭小的老房子。读大学时我在一本叫《雨花》的杂志上发表了第一篇小说，小说题目是《茅儿墩的后生和妹子们》，那其实就是写的我和村里的小伙伴们，同学们以为我是虚构了一个村名，我说不是，只有用这个真实的名字，我的思绪才能回到那个真实的村庄。

从我读大学的那年起，我就离开了茅儿墩，我做教师的父母退休后也搬到了县城。只有在我的文字中或者是梦境中，我才能回到茅儿墩。其实我从前的伙伴们现在已没什么人还住在村子里了，茅儿墩属于先富起来的村庄，当年与我同龄的苦孩子几乎都成了建筑商和养殖大户，他们大多搬进了南京，差一点的也住在了县城。但是，我却一直惦记着那个叫茅儿墩的村子,有一天,我驱车100多千米,将车远远停在圩埂上,独自踏进了村庄。

村庄静悄悄,没有人的喧哗,偶尔有一只土狗走过来,看看我,不吠一声又低头而去。从前,只有农忙季节村里才如此寂静,而现在是秋闲,村里竟如此冷清,我知道年轻人都进城打工去了,或者去了固城湖养螃蟹,村里剩下的只有老人和没读书的孩子。我走进巷子,从前脚下的青石板已变成了水泥路,平坦却少了跌宕。我知道这是我一位儿时伙伴的善举,他掏钱把村里村外的石板路都修成了水泥路,让过年时从省城、县城归来的小车可以一径开进自家院里。抬起头,巷子的两侧是连绵的楼群,圩区地金贵,祖上传下来的老房子都屋檐搭着屋檐,吃饭时端着碗可以穿越隔壁人家的堂屋,顺便夹上一筷子菜。现在,贴着瓷砖的高墙也比肩而立,但墙顶插着的碎玻璃或者铁刺却闪耀着寒意。间或有一两位老人在铁门后探出头来,我正要打招呼,铁门已在瞬间关闭,只留给我门锁碰合时金属的一声响。

我直接去寻找我从前的旧居,不知是否真的存在感应,我有几分不好的预兆。父母搬到县城后,老屋就卖给了邻居,因为破旧窄小,它成了堆放杂物的处所。按老人们的说法,房屋一旦没了人气就会颓败得很快,我担心它已变成委弃的废墟。果然,我思念的老房子真的已不复存在,那里只剩下残垣围成的一个荒园,一丛丛茁壮的野草在断砖碎瓦间蓬勃向上,仿佛刻意遮掩这土地上曾有过的历史。我站立其间,默默比照着什么地方该是我的房间、什么地方该是父母的房间、什么地方该是厨房鸡窝,记忆如潮水一般将我淹没。

我悄悄地退出了这个还叫茅儿墩的村庄，我本来还要去寻找生产队里的牛屋，那里有过我最温暖的冬天，金色的籼稻草，乌色的牛粪干，我和牛群在屋前沐浴冬日的阳光。我本来还要去寻找村前的石桥，那里有过我最疯癫的夏天，我们赤裸着身子从桥上跳水、船夫在桥头匆匆避让的惊慌、少女在河埠捣衣低头时的羞赧，至今难忘。但我还是退出了村庄，我害怕更多的失望会刺痛我的回忆。

这以后我多次谢绝过儿时伙伴们一道回茅儿墩的邀请，我以为我已回不到我少年时代的茅儿墩。但茅儿墩却执着地呼唤着我，常常在我不经意时提醒我，就像是我在陌生的地方居然能听到有人喊我的乳名。

曾经有一回在安徽的宏村，我因为找不着旅馆而住在农家，徜徉在石板路的街巷，正逢黄昏，炊烟袅袅，忽然听得悠长的声声呼儿归，真的就看到一少年应声在我身侧奔突而过，茅儿墩的青石板巷立时就浮现在我脑海中。

曾经有一回在普陀的海滨，我逞能从峭壁一跃入海，以中年之躯劈波斩浪，博得岸上阵阵叫好之声，习惯性地一甩头，以掌拭脸，脑海中竟是当年邻家少女的雀跃欢呼。

曾经有一回在云南，我骑着牧马在草地奔驰，我不断耸动鼻翼，闻到了一股亲切的马粪味道，不由得在马上吼起了当年在牛背上吼的放牛曲。那天的梦里，我又回到了牛屋前，手里捏着一块块牛粪，急急地烧着刚从生产队里偷摘来的毛豆荚。

我终于明白，故乡其实在每个人的心中，留不住的是故乡的风土草木，挥不去的是故乡的岁月印痕。我辈俗流，既非名人，更非伟人，探访"故居"其实只是寄托一份乡思而已。日新月异，老屋不存，遗风不再，其实是历史的必然，所谓人不可能两次踏进同一条河流。

葛村和柏树坟

有一天,手机上冒出一个陌生号码。对方是个男声,说:"您好,您是余先生吗?我是拆迁办小白。"诈骗电话应该说"我是公安局",这小子换套路了。我正要挂机,对方说:"我这里是常州市天宁区拆迁办,您在本区柏树坟的房产在本次拆迁范围内,请您携带房产证和土地使用证前来办理相关手续。"这消息有点突然,其实也不突然,几年前我去常州办理祖屋租赁手续时,街坊就说快要拆迁了。等着等着一直没有下文,没想到这事说来就来了。我周末去了常州,小白是我想象中小白的样子:微胖,鼻梁上架着一副眼镜,恰当地掩饰了他不算大的眼睛,穿白衬衣,是拆迁办的办事员。他验看了我祖屋的房产证和土地使用证,拍下了照片,不是用手机,而是用照相机,然后给了我一张房屋调查登记告知书,整个过程郑重其事。

我家的祖屋坐落在柏树坟村,这村名不太好听,现在改称为柏树坟社区,但村还是个村,城中村,三十几幢破旧的小楼,中间是一条狭窄的巷道，两边都被商铺和厂房占据了。我奶奶在世时给我讲过家史，我太爷爷曾经在城里拥有煤球厂和商铺，民国二十六年（1937年）冬天，日本人的飞机对常州城疯了一般大轰炸，我们家的厂房和店铺都挨了炸弹，太爷爷住的小楼被炸塌，大火熊熊燃烧，我太爷爷和太奶奶没来得及从家里逃出来，死在大火中。当时我爸爸还小，在院子里玩，一下子就被吓傻了，我爷爷抱住他冲到了街上。隔了两天，日本人攻进了城，疯狂屠杀老百姓。他们连僧人也杀，仅仅在天宁寺，当场就枪杀了10位僧人。阿弥陀佛。我奶奶终身念佛，这4个字是她口头禅。我曾在书上读过这段历史，日本人在淹城的屠杀相当于后来南京大屠杀的一场预演。据史料记载，光是日方公布的日军"掩埋队"掩埋的尸体就有4000多具，死的人肯定远远不止这个数字。屠杀过后，淹城城区居民不足5万人，不及战前人口三分之一，东门外20里人烟绝迹。而柏树坟，位置正处在常州城东门外。

奶奶说："我们一家逃出东门，一路上到处是死人，我和你爷爷最担心的是遇上日本人，还好，沿途没遇上一个活人。我们不知道往何处投奔，你爷爷说去柏树坟，我们就去了柏树坟。柏树坟是我家祖坟地，看坟的人姓白。日本人经过时，他抱着酒瓶喝醉了，躺在地沟里没被发现，才侥幸留下一条性命。那时候的柏树坟，后面是山，前面是河，是祖上选的风水地。山上是一片树林，除了柏树，还有松树、榆树等杂树。我们一家四口就此住下。在列祖列宗的保佑下，我们总算逃过了日本人的屠杀。等日本人撤走后，我们就在这里，盖下了这幢木楼。"

我出生在高淳，成长在高淳。我父亲初中毕业后读了常州师范,然后响应国家号召,报名做乡村教师,来到高淳县一所乡村小学做了一辈子教师。据说他刚到那个叫葛村的村庄时,小学设在一家旧庙里,除了他,另外两位老师都是回乡知青。他白天上课,晚上住在庙里。大冬天放学后,他去河里担水。那时的小学生习惯了喝冷水,教室的后面有一口大水缸,缸盖上放着一只葫芦瓢,谁渴了就抡起瓢灌一通。水埠其实就是一块架空的木板,我的父亲挑的是两只大木桶,桶沉板轻,他一不小心栽进了水中,好不容易爬上岸,在旧庙里菩萨的慈目下钻进被窝中哆嗦了一夜,菩萨耐心地听他说了一夜胡话。

每年春节,我们全家都回常州和奶奶团聚,我父亲手头宽裕的时候,我们全家坐公交车。从高淳到常州,每天只有一班公交,早上六点半开车,要坐半天的公交车才能到达,鸡还没叫我们就出发了,赶二十里路到县城汽车站坐车。那年代汽车开得慢,沿途停靠站多,我巴不得汽车再慢一点,我喜欢闻汽油的味道,我宁愿站着,站在驾驶位附近,贪婪地嗅那股汽油味。可能那时的造车技术不过关,油路的跑冒滴漏没解决好,汽油的味道总是飘扬在车厢里,车头部分最浓,那是我最享受的时刻。在乡下,汽车是现代文明的标志,我是我们全班同学中第一个坐汽车的人,而且每个年底都能坐上一回,我为此骄傲。如果我父亲钞票吃紧,他多半是把钞票换成了鱼虾鸡鸭,他就带上我和母亲搭顺风车。高淳是个产粮大县,有一个专运粮食的粮食车队,把稻谷运往各地粮库,其中有常州的一处粮库。我父亲以前的一个学生就在粮食车队做驾驶员,这个学生与我父亲关系不错。我想坐在驾驶室,驾驶室暖和,最主要是能闻到汽油味,但驾驶室有押车员，而且常常还有别的人搭便车，我很少能如愿。我们一家三口坐在稻包上，稻包堆得很高，车一开动，寒风便更加刺骨，我们一家三口抱成团，那风还如刀子般往脖子里、袖管里钻，更糟糕的是那时的公路是土路，下车时我们3人满头满脸都是灰尘，我暗自叹息，车上仅有的一点汽油味，风一吹便消散了。司机把我们扔在公路边，我父亲千恩万谢地朝司机道谢，我母亲掏出一条手帕拍打我身上的灰尘。我们到柏树圩，还得在田野中走七八里的小路，这比起来时从乡下到县城的路途，已经不到一半，但是毕竟这时人已疲倦，我们一家三口肩背手提，步履匆匆，我母亲说："这哪里是回家，我们看上去分明是3个逃荒的叫花子。"

在那样的时刻，看见祖屋木楼的瞬间，我真切感觉到祖屋的温暖，迫切地想冲进我奶奶的怀抱。

我一般被安排睡到阁楼上，没有床，把被褥扔在黑乎乎的地板上，这就是床。阁楼上没有窗，只有两块明瓦，"明瓦"就是玻璃，可以给黑暗的阁楼透一点亮光。我童年和少年时代的除夕夜，基本是在这个黑乎乎的阁楼度过的。第一次上阁楼时，我讨厌走起来"吱吱"作响的木地板，每走一步都胆战心惊，怕猛地一下踩进一个窟窿。我问我父亲："地板会不会被踩塌？"我父亲摇头说："没事，你使劲踩，这地板也不会折。"旧社会地主资本家都住木楼，木楼防小偷，小偷进了楼，每走一步，地板就报警一次。我每次梦见祖屋，都梦见我的小阁楼。

现在的高铁方便，从南京出发，不到一个小时就到常州站了。坐高铁的好处是，你可以什么都想，什么都不想，不必像开小车那样眼盯前边，耳听八方。出了火车站，我有点晕头转向，变化太大了，当然也不必大惊小怪，这时代日新月异，不变才是怪事。以前开车过来，总是避开城区，现在坐在出租车上，可以打量这座熟悉又陌生的城市了。每当填表格时，我在"籍贯"一栏上常常拿不定主意，有时填"淹城"，有时填"高淳"，我父亲嘲笑过我，一个语文教师连"祖籍"和"籍贯"也分不清，可耻！我倒并不以此为耻，向来糊涂日子糊涂过，不过挨他训斥之后便记住了，出生之地是籍贯，那么常州只是我的祖籍，我填在"籍贯"一栏就是我自作多情。

柏树坟现在已经是城中村，从架在运河上的白家桥下来，运河这边已是比邻的高楼。我小时候从汽车站出来，需坐公交车到白家桥，然后步行，现在看来，也就两站路左右，那时候或许人小腿短，回家的路越走越慢，就觉得十分遥远。我们总是在腊月的月底回来，下了白家桥，就是一片片葱绿的麦田。在麦田的中间，散落着四五座石雕，有石人，还有石马，它们在雨打风吹中模样斑驳，有的已缺胳膊少腿，它们站立在麦苗之中，显得突兀。看到它们，我就知道，柏树坟到了。我父亲说过，这些石雕本来坐落在柏树坟，后来被人迁移到了这里。人们本来想把它们扔到运河里，但石雕实在太重，不到中途，推车被压趴了，有一个雕像倒下，砸坏了人。人们怕了，就把它们扔在了这里。我问："这些石人石马是谁家的？"我母亲说："你们老余家祖上的。"如今麦田没了，那些石雕也没了，它们被安置到哪里了呢？没有人知道。

现在拆迁办办事速度很快，小白通知我去常州选择拆迁房，但我选择不拿房只拿钱。我人在南京，孩子远在美国加州，我在常州拿套房子给谁住？小白说："拆迁房便宜，只有你家不要房子。"我听了莫名伤感，柏树坟这一带将建新型商业区，我以后回常州怕是找不到祖屋的方位了。

我真正的故乡在高淳的葛村，我父母在村头小学教书，我的童年和少年时代基本是在葛村小学的校园中度过，这注定我从小就是一个孤独者，学校的老师都住在大葛村、小葛村，唯有我们一家住在学校里。假期有3个，除了暑假和寒假，还有一个秋忙假。寒假我有期待，期待坐车去远方的城市过春节，期待去嗅喷香的汽油味。暑假和秋忙假，同学们都在生产队挣工分，或者在自留田劳动，我就只能在校园的寂寞中度过。有个叫毕飞宇的作家，他也在乡村校园中长大，他在文章中写道："雨天，操场光滑如镜，无聊的我就用一根树枝在地面写字……"这样的事我也干过。更多的是晴天，我在沙坑里跳远，在单杠、双杠上折腾，没有对手，也没有观众，我很快就厌倦了，然后找一个阴凉的教室，从教室门上端的气窗翻越，在讲台上仰倒。相对于小学生的课桌，讲台宽大，更像一张床。我躺在那里，无数次想象：上课铃响了，老师和同学们面对我的睡姿惊诧的样子。我忍不住傻笑，笑够了就睡着，直到母亲喊我回家吃饭的长声把我唤醒。

我曾经在小伙伴中很有名气，葛村分大葛村与小葛村，两村的小学男生放学后时常干仗。小葛村朝北，大葛村朝南，回家的路各不相干，但是，大葛村的男生依仗人多，常常埋伏在回小葛村的路上，以众欺少。有时，小葛村的男生也以其人之道还治其人之身，挑选大葛村男生人数不多的时候埋伏。他们春天藏在油菜地，夏天藏在稻田，秋天藏在高粱地里，冬天藏在甘蔗林里。乡下的孩子干仗不需要理由,这边喊一声打,那边就丢下书包应战。没有武器,有什么捡什么就当武器,通常是庄稼地里的泥疙瘩,手一扬当手榴弹掷过去。稀泥巴砸上去不痛,但可以糊对方一脸一身,泥疙瘩若是砸到头上脸上,可能砸出一个包,甚至砸出血口子。挂了彩瞒不住父母,倘若认出了攻击者是谁,父母就领着孩子去对方家里指认,通常解决的方式是得到3枚鸡蛋慰问。3枚鸡蛋不是小数目,到供销社可以换可吃一个月的盐巴,这家的倒霉孩子逃不了父母一顿揍。发生一回这种事件,双方的战争会暂停一些日子,时间一长,彼此手又痒痒。我既不属于大葛村,也不属于小葛村,干仗也算不上一员干将,但是,我有凝聚力,我的凝聚力当然不在我,在我的各种零食。在大多数小伙伴以能填饱肚子为满足的年代,我已经拥有零食,我父母每个月的月初,都能领取工资,工薪阶层在乡村属于高收入阶层。我时常能得到糖果,如"大白兔"、玻璃纸扎的橘瓣软糖,我还能拥有苹果、橘子、动物饼干等。干仗之前,每人发一颗糖,或者分一瓣橘子,咬一口苹果,都能让士气大增。那时大头是大葛村小学生的首领,他热烈地欢迎我加入他的队伍,我外公住大葛村,我本能地选择了大葛村这边,人多势众,赢多输少,但暗地里我也心疼我的零食,一次他们就能干掉我积攒了十天半月的量。但更糟糕的是,有一次小葛村的首领使用了反间计,他们战败投降,我们在田埂上纵情欢呼胜利,那小子横我一眼,说:"有你什么事?"我给了他一巴掌,他居然毫不犹豫回了我一巴掌。他说:"我们都姓葛,一笔写不出两个葛字,打断骨头连着筋,你一个外姓人,夹在中间安的什么心?"这番话让我哑口无言,也让我大葛村的战友们若有所思，如果不是吃了我的东西嘴软，说不定他们会团结一致，联合起来揍我一顿。识时务者为俊杰，我趁着暮色降临，连滚带爬地穿过油菜地撤回了家。

暑假的某一天，大头他们到学校来找我了，我受宠若惊，搬出了我的饼干盒，饼干盒里有饼干，还有我的硬糖、软糖。大头从小就长一个大脑袋，外号称"大头"，他个子也高，打架也最狠。大头来找我，是邀请我重回大葛村战队。这次不是干架，是割稻子。放暑假，小学生也可以去生产队挣工分，但是，工分少得可怜，也就是二三工分。什么概念呢，男劳力出工一天是整工，也就是十工分，女劳力只有八工分，年底分红，一个整工也就是两毛钱左右。生产队长看不上毛孩子，常常是分配他们干点杂活儿，在打谷场上搬稻把子，或者翻晾稻谷、稻草，通常这是妇女干的活儿。葛大头不服气，向生产队长挑战，他们要下大田，要参加割稻。割稻子男女劳力都参加，尽管上面讲男女平等，割稻子这活儿甚至是女劳力更厉害，她们腰身软，可以一口气割倒一片才直一直腰，但队长才不管，女劳力记工分时永远是八工分。葛大头向队长提出，他们承包一个十亩的大田，割一亩田稻子算一个整工，十亩田十个整工，归他们6个小学生分配。今天来看，这是历史性事件，安徽小岗村的包产到户还不敢明目张胆、大张旗鼓，葛大头就提出了承包制。队长不相信这帮毛孩子一天能割下十亩田稻子，也缺乏政治觉悟，说："行，要是一天下来割不完，一工分都不会给你们。"葛大头的招数是发动群众，把整个战队拉上去。葛大头说："如果明天你参加我们的大会战，你仍然还是我们的人。"我瞅一瞅空空的饼干盒子，说：

"可是，可是这盒子都空了，明天我没货了。"葛大头盯着我说："一点存货都没了？"我说："早知道，我今天就不搬出来给你们吃。"葛大头说："算了，明天鸡叫头遍，我们就在那块稻田集中。"原来，他们承包的稻田，就在学校边上，我坐在门槛上就能看到。

我抱着空饼干盒子回到家，才开始怀疑，他们本来就是冲这饼干盒里的零食才找我的。但不管怎样，我又回到了组织，这是件高兴的事。

生产队的稻子分两种：一种是粳稻，生长期长，秋忙假才收割；一种是籼稻，生长期短，一年可以栽种两次，俗称早稻和晚稻。粳米当然比籼米好吃，但成本高，生产队以种籼稻为主，籼米饭耐饥饿。现在人们有条件吃粳米了，医生却建议人们多吃粗粮，建议吃籼米，籼米倒成了稀罕货，真是风水轮流转。籼稻个子矮，可以蹲着割稻桩，便宜了妇女和孩子，不像割麦子，得弯腰站着才能拢住麦秸，男人明显占优势。我家有闹钟，但那在乡下就是个摆设，村里的鸡叫了第一声，我就起了身，扒拉几口隔夜饭填饱肚子，直奔稻田。葛大头递给我一把锯镰，说："给你留的，崭崭新。"我扬起锯镰晃了晃，锯齿在月光下闪着蓝光，没有锈迹。锯镰顾名思义，比镰刀多了锯齿，割麦子用镰刀，麦秸桩硬且脆，砍上去干净利落，稻桩就不同了，潮湿，且裹着一层层枯叶，锯齿咬住了拉一把，才能彻底割下。一人割六苋稻，大伙一字儿排开，我有自知之明，排最后一位。这是一场无声的战斗，不像平时，到了一起喧闹声能吵翻天，人人憋着劲儿，怕自己被比下去。我也暗暗拿定主意，跟上他们，哪怕落后，也不能落后太多，让他们看笑话。天麻麻亮，正是蠓虫最活跃的时候，我像他们一样穿着长裤，戴着草帽，可是蠓虫还是朝我头上和脚踝处钻，叮咬的地方又痒又痛，我不得不时常停下来驱赶它们，等到天亮的时候，它们才鸣金收兵，我被咬出的大包小包也麻木了。蹲的时间长了，双腿挪动一次都艰难，我一屁股坐在泥水里稍作休息，抬头却发现他们的背影已在远处，只得再起身追赶。社员们上工了，他们看西洋景一般在田埂上指指点点，我羞愧得不敢抬头。稻田是长方形，从这一头到那一头，大概五六十米，我觉得比五六十千米还要漫长。社员们并不笑话我，说余老师家的这孩子本来就不是靠田里掘食的人，能这样子就很棒了。显然，他们把我划成了另类。队长朝稻田里高喊："葛大头，你们的稻把摆得乱七八糟，这样我得扣你们工分。"大家直起腰，看看身后躺倒的稻把子，确实歪七扭八，不够整齐，都慌着往前割，摆放就马虎了。葛大头朝我喊："你扔了锯镰，专门整理稻把，省得队长鸡蛋里挑骨头。"只能是我了，谁让我割稻的速度最慢。这一天天黑之前，十亩田的粳稻硬是让我们放倒了，我们累得在田埂上躺成一排，大头见我闷闷不乐，说："你本来就和我们不是一样的人，就好比，我们都姓葛，你姓余，你是吃商品粮的人，我们做梦都想成为你这样的人呢。"他这样一说，我却更加沮丧了。

我在葛村还是一个多余的人。

很多年后，我和老葛陪同一位上市公司老总来大葛村，老葛就是葛大头，也已是一上市公司老总，老乡见老乡，两眼泪汪汪，老总见老总，牛皮砸破窗。俩人聊天，那位当年曾经是大葛村的下放知青。那老总一定要到村口的一处大田去看看,他站在田埂上片刻,突然蹲下来号啕大哭,将随同他来的夫人吓得惊慌失措。我安慰他夫人说:"没事,让他哭一会儿就没事了。"事后老葛说:"这家伙矫情,好像我们大葛村虐待了他,他受的那点苦,我们从小就在受,世世代代都是那样过来的。"我说:"他哭的未必是在大田里劳作的苦和累,一个城里长大的学生,像水车上突然甩出的一颗水珠子,找不着北,不知道落点是何处,这痛苦,我能懂。"老葛说:"那是他的错,下乡的目的就是和贫下中农打成一片,他没把自己当成大葛村的农民。"这老葛,钱多了说话就是横。

我回过葛村小学几次,小学已合并到镇上,校园变成了停车场,晚上是村民跳广场舞的场所。

如果有人问我故乡在哪里? 我回答我的故乡是葛村和柏树坟。

职业随谈

语文教师的文学梦

都说领导会议多,其实语文教师的会议也多。每年总有各种教学会议,在会议上能聆听到特级教师等专家或权威的各种金句,聊几句,名师们几乎都有一个共同的经历,那就是曾经做过文学青年。幸亏迷途知返,及时转身,才在教学上修成正果。

我是一个执迷不悟的人,硬将自己从一个文学青年弄成了文学中年。

二十世纪八十年代初,我是江苏师范学院中文系的一名学生,学校请当时的《雨花》主编叶至诚先生为我们做了一次讲座,内容记不清了,只记得最后几句话是鼓励我们投稿。我应该是记住了这一句,趴在宿舍的书桌上鼓捣了几个晚上,写了一篇7000多字的小说《茅儿墩的后生和妹子们》,查了地址寄走了。这是我生平第一次写小说,写过了就忘了,我当时年纪小,主要精力是放在调皮捣蛋上,总觉得写小说这样庄严的事应该是文学社那帮"酸男女"干的事,写一篇是为了证明我也能玩两下而已。没想到《雨花》居然录用了，编辑写信来要求我署名用手写体，好像当时《收获》就是这样弄的，于是我就写了几张自己的签名，挑了一张寄去。好像写的是横排，发出来却是竖排，丑得像爬虾。二十多年后，我终于在《收获》上发表小说了，这回特意横竖各写了一个姓名，还是丑，这才明白根本的问题是自己这字写得丑。这是后话。横竖是那回发表小说了，稿费虽还没到手，还是先请班上的男生们出去吃了一顿。

那是个文学年代，发表一篇小说是很风光的事。糟糕的是自此我自己也认为我应该就是做作家的料。正值毕业分配，我被分回县教育局，父母都是教师，想找人把我留在县城，我说："不必了，在哪里教书都一样，你儿子不至于一辈子守着这点地盘。"我被分到一所乡下中学，开学一个礼拜了，我还一个人在黄山上转悠，我是穿着一双拖鞋上的山，爬天都峰和莲花顶都趿拉着一双拖鞋。校长找了我父母，以为我不想上班了。我去报到，校长很意外，那时大学生稀罕，还是把我留下了。这所乡村中学很偏僻，最让我头痛的是一周有四五天停电，我常常是点着煤油灯看书。我有一个宏大的计划，在三年之内把哲学系和历史系的课程自学完，那是我比较勤奋的年代，尤其喜欢上了西方哲学，捧着一本本大部头专著硬啃，睡觉前不洗脸，而是洗鼻孔，鼻孔里全是煤油烟灰。当然也写小说，写了一个长篇《黑鱼湖》，16万字，3稿。那时都是手写，寄出去了，泥牛入海，这才开始怀疑自己：你究竟是不是做作家的那块料？

成了家，被调进县城一所中学任教。县城有一帮文学青年，全是写诗的，他们成立了诗社，办一本油印刊物《路轨》，当时曾以"日常主义"诗派参加深圳诗歌大展。他们读的都是西方现代文学，海聊时满口洋名词，我无法对话。其实读大学时，我有一个同学曹伯高，兴化人，现在是特级教师，还做了县中校长。那时他是一个文学热血青年，向我推荐一本书，叫《美国当代短篇小说选》。我读完后交流时，他说："小说竟然可以这样写！"我说："小说怎么能够这样写？"我错过了一次接触西方当代文学的机会。这次看来不能逃避了，硬着头皮啃马尔克斯、博尔赫斯，那真叫痛苦，读不懂，反复读，刚读了这个人，又来了那个人，书店里这类书籍比比皆是，你刚学到一点皮毛，用到小说里，人家就说这玩意儿过时了，现在流行另一流派了。"城头变换大王旗"，把我折腾得没了耐心，这风老子不跟了，这类小说咱干脆不写了。

　　好在文学很快边缘化了。我有五六年的时间还是坚持写，但主要是写教学论文，中小学教师其实还有一种压力——写论文。评职称必须发表若干论文，当名师必须发表若干论文。有成了名师的同行讥笑我："你会写小说，但是你会写论文吗？"这有点挖苦我"烂泥抹不上墙"的意思。也有关心我的领导说："小说是歪说，写小说不务正业，还是写写教学论文，论文才能让你变成名师。"很多年后我的小说写作有了起色，我明白了"小说是歪说"是至高的写作境界，当时年轻而肤浅，认为这句话是对小说的侮辱，赌气似的一气写了九十多篇教学论文，发表了，还出了两本探讨"新课改"的书，获得了五年一评的"省优秀教学成果"二等奖，职业上真的有了收获，我成了省市学科带头人。但是，我内心却是惶恐的，一个语文教师不需要读书，不需要文学笔力，只需要揣摩中高考题型，只需要搬弄空头理论，就能变成名师，就能被众生膜拜，摇舌江湖。要么是名师大贬值了，要么是语文教学出了大问题。我退缩了，我努力说服自己，回头，写小说对于语文教师应该是正业。

阅读和写作是语文教师能真正进步的双翼。一个写小说的语文教师首先应是一个永不停步的阅读者。读书是我多年养成的习惯，已经成为我日常生活中的一部分。最初几年，喜欢读哲学和历史，包括俚俗杂说。后来，读的最多的还是小说，对一个写小说的人而言，读大师经典是盛宴，也是致敬。写作期间读小说时，我是一个功利型阅读的家伙，世界范围内的优秀作品浩如烟海，读什么与写什么最好有一点关联。我愿意把阅读当作是对写作的一种犒赏，所以读到好书便如吃到美味佳肴，就慢慢咀嚼。读到烂书，便如遇上臭鸡蛋，胃口大败。今年我与中国作协、《人民文学》杂志有一个教育题材的长篇签约，我阅读的书目中就有明显的倾向，比如英国作家韦恩的《打死父亲》，比如英国作家麦克尤恩的《时间中的孩子》等作品，读这些作品的出发点首先是借鉴大师们的写作技巧，其次是给自己找点"障碍"，主要是情节上要提高警惕，人家如此这般写过了，你得超越，没能耐超越你就避开，免得你沾沾自喜的时候人家笑话你是拾人牙慧。我曾经写过一篇文章，称之为"以写促读"。

作为教师，我教课本上的小说、散文时，我的备课读书是围绕课文作者、作者传记、作者其他代表作、相关作品评论等读，我觉得一个语文教师教完一篇课文，应该能给学生开出一个推荐阅读书目，应该能在深度和广度上把握课文，在应对学生的问题时从容不迫。这样读书的附效应,是我写下了一些对课文进行个性解读的批评文章。

写小说不能评职称,辛苦,属自讨苦吃,但是一个写小说的语文教师应该对指导学生写作有更多的发言权,因为写,他必须读,读书多,他同时也应该对阅读理解有更多发言权。我这样说得罪人,有虚夸同好之嫌。但是一个不读书、不写作的语文教师,是没有说服力的。我很感谢我现在工作的外国语学校,我几年前就在学校开设选修课"小说时评",今年又开设选修课"创意阅读与写作",像钱理群先生到中学开设的文学课一样,与高考应试直接挂不上钩,不受大多数学生欢迎,但总还是有少数学生喜欢。我的领导持鼓励态度,另外给我开课时费,这给了我慰藉和动力。

大学同学聚会时,我对做了教学专家和教育官员的同学说:"你们当年是做着文学梦离开校门的,你们有责任把文学梦还给学生,首先从把文学梦还给语文教师开始。"

语文教师的修养准备之偏见

接到晓苏主编的约稿通知,我有几分惶惑。晓苏先生是小说家,我也写小说,倘若是讨论小说的话,我是不惮于胡说八道的。但是就教书而言,我从教近三十年,到现在还弄不明白语文该怎样教,我的父亲是中学语文老师,母亲是小学语文老师,他们是真的热爱教育事业,我考大学填志愿,父亲主报师范学院,我每次有改行的机遇,母亲都明确反对,表示做教师挺好。我也立志做一个优秀的中学语文教师,但是讲实话,越做越痛苦,离父母的要求越来越远。从表象看,我从乡镇中学做起,调入县城重点中学,再调入省城重点中学,而且是全省排名第一的中学,似乎在不断进步。但是从我的职业心态而言,是每况愈下,对语文教育的希望越来越渺茫。父亲已经年近80,每次问到我的工作,首先是问什么时候才能评上特级教师,这是他当年没实现的理想,"父债子还",他欠下的非得让我还上。我曾经朝这个目标发愤努力过,在2001年到2007年我发表了80多篇教学文章，我不敢称之为论文，我内心觉得那是对"论文"这个词眼的侮辱。我反复阅读新课改的相关文件和资料，阅读新课改的相关理论书籍，研究特级教师们的教法和教学理论，最终发现，理论是理论，实践是实践，很多名师说的是一套，做的是一套，相信那些说法的人是傻帽。冷静一想，名师们也有苦衷，在当前教育环境下，真正的教改是不存在生存空间的。前一阵子看到钱理群先生的文章，他发出了对中学语文教育"绝望"的哀叹，我只是会心一笑。有些插队知青重返故地，回忆起当年的艰苦生活号啕大哭，我不以为然，那块土地上的同龄人终其一生过着那种艰苦而绝望的日子，他们连埋怨的权利都没有。好在有改革开放，许多人逃离了那块土地，进城打工了。我觉得我跟他们有一样的命运，即使不逃离，也可以解放自己，同一块土地上各人有各人的活法。2007年，我有幸被评为市学科带头人，省"333"科学技术带头人，距特级教师的光荣称号就一步之遥了，我却退缩了，我惧怕我自由自在的课堂被大师们放进"abcd"的评课标准里肢解，害怕上那些为表演而表演的公开课，害怕再写那些为发表而发表的误导同行的文字。从2008年到2011年，我基本上没有发表关于教学方面的文章，偶尔有约稿，也都是锋芒毕露，不讨人喜欢。王栋生先生写过一本书《不跪着教书》，我相信他可以做到，他的一位同事——南师附中的语文教师王雷，也在一定意义上做到了，这家伙宣称："在当下的教育环境下，教师应以做名师为耻！"这道理行内人都心知肚明，但王雷说出来了，不但说出来，他还当真了。作为业内优秀的语文教师，他放弃了所有荣誉称号的参评，我行我素地推行他的教学理念。应该承认，绝大部分教师做不到拒绝特级教师的称号，比如说我，就抵挡不了做名师的诱惑，只是跪得累了，常常要站起来直一下腰。其实跪着也能做许多事，在我的家乡，有一种农活儿叫"跪田"，即真的跪在稻田里，裤裆下夹着一行秧苗，双手拔掉秧苗周围的杂草。连钱教授那样的名教授都抗争不了中学教育的现状，我等小人物不跪着前行还能奈何。但是，跪着有跪着的好处，目标小，能把手够得着的杂草拔几棵，能趁人不注意时干点自己喜欢干的事。教师这个职业说到底吃的是碗良心饭，你可以在自己的一亩三分地里，实践自己的语文教学理念，在屈服于升学率淫威的前提下，力争做一个自尊、自爱、追求理想主义教育理念的语文教师。

语文教师首先要解放自己

若干年前,语文高考试题盛行标准化选择题,名曰培养学生的逻辑思维能力。从那时开始,我对这根指挥棒就有了怀疑。老话说,文无第一,武无第二,就是说文科的评价标准无标准答案。从小处说,标准化试题有利于阅卷;从大处说,非此即彼,避免争论,有利于和谐社会。但是我以为文科最重要的是培养批判性思维,有质疑、有多元理解,才有创新。钱学琛之问的答案首先当追问语文教育的导向。我个人以为,那些鼓吹语文工具论的语文教育专家难辞其咎,既然明确提出了语文的外延等同于生活的外延,语文的广阔性远大于一门学科,为什么还要狭隘地强调工具论。我们的语文教育只是承担培养工具,培养不出独立的人文主义者,那么语文学科也成了可怜的工具。

要想让学生有独立的批判精神,教师必须有独立的人格,有观察和思考的能力。目前的语文教师普遍独立思考能力缺失,是因为语文教学不需要教师去独立思考。多年前,我在一所中学做教务主任,一位语文老师被临时调走,我对校长说:"到劳动市场上找一位务工人员,只要他初中毕业,只要他循规蹈矩,都能胜任。"校长以为我在说笑话,其实我说的是实话。现在的语文教师,配发教学参考书和配套试卷,课件是现成的,答案是标准的,你要是有自己的想法反而会害学生失分。

我在乡镇中学多年,带过多届高三学生,每年都把高考语文试卷当圣典研究。学生要分数,你不能耽误孩子们考大学。我也要分数,考得差要吃校长的白眼。"跪"下来是必须的,但是,内心是屈辱和痛苦的。只有读书,疯狂地读书,才能忘却眼前的现实,才能有一点自我解脱。直到我被调入现在这所中学,我的语文课堂才相对自由。我目前任教的外校,毕业生绝大部分是出国留学和保送高校的学生,高考压力相对轻一点。某种意义上说,西方的招生制度解救了我的语文课堂,不论是雅思托福,还是 Sat,都要求学生时事分析和文学阅读个性化、多元化。我在讲解课文时可以纵横开拓,可以发表我的个人见解,引导学生批判性解读文本。

前不久我参加教育部"国培计划"培训,同学开课上《包身工》,应该说设计很有新意,把央视的"幸福"采访和包身工的悲惨生活对比组合,最后引导学生批判旧制度,感恩幸福。我应邀评课,忍不住提出了不同意见,包身工的悲惨其实是源于资本的罪恶以及人性的贪婪和凶残。我们今天的媒体上也不乏"十三跳"和逼良为娼的报道。有同学质问:"如果你余老师开公开课,敢违背教学目标,按自己的思考解读吗?"

我没有回答,我发现做一个语文教师是需要勇气的。

阅读和写作是语文教师飞翔的双翼

如果说我与别的语文教师有所不同，除了写小说，就是书读得多一些。读书是多年养成的习惯，已经成为我日常生活中的一部分。最初几年，我喜欢读哲学书，不能自拔，甚至有了考哲学专业研究生的打算，终因外语不过关而作罢。后来有几年，又喜欢上历史，将历史系学生的专业书通读了一遍，尤其喜欢欧洲史，至今还保留着几本哲学和历史的读书笔记。贯穿我读书生涯的当然是读小说，对一个写小说的人而言读大师经典如同参加盛宴，也是致敬。

写作期间读小说时，我是一个功利型阅读的家伙，世界范围内的优秀作品浩如烟海，我梦想的好日子当然是每天不上班不应付各色人等，躲在书房里安心读喜欢的书。但这不现实，我只能把阅读当作是对写作的一种犒赏，读什么与写什么最好有一点关联，所以读到好书便如吃到美味佳肴，慢慢咀嚼。读到烂书，便如遇上臭鸡蛋，胃口大败。今年我写作计划中有一个少年视角的题材，我阅读的书中就有明显的倾向，比如德国作家西格弗里德·伦茨的《德语课》，比如匈牙利作家雅歌塔·克里斯多夫的《恶童日记》等作品，读这些作品的出发点首先是借鉴大师们的写作技巧，其次是给自己找点障碍，主要是情节上要提高警惕，人家如此这般写过了，你得超越，没能耐超越你就避开，免得你沾沾自喜的时候人家笑话你是拾人牙慧。我曾经写过一篇文章，称之为"以写促读"。

教小说和散文时，我读书是围绕课文作者读，作者传记、作者其他代表作、相关作品评论等，我觉得一个语文教师教完一篇课文，应该能给学生开出一个推荐阅读书目，应该能在深度、广度上把握课文，在应对学生的问题时从容不迫。这样读书的附效应，是我写下了一些对课文进行个性解读的批评文章。

不存在没有时间读书这类借口，有雷锋同志的"钉子"精神为证。

写小说是我的兴趣，从大四时在《雨花》杂志发表第一篇小说到现在，大概已发表有百万字的小说，2007年以来小说写作有了一点起色，在《人民文学》《中国作家》《钟山》《花城》《作家》《上海文学》《北京文学》等文学刊物发表若干长中短篇小说，小说十多次入选选刊和年度选本。中篇《愤怒的小鸟》获人民文学奖，中篇《不二》获江苏省紫金山文学奖和《中篇小说选刊》双年奖，中篇《人流》获2011《小说选刊》年度奖和《人民文学》2011年度小说奖，作品受到了国内诸多评论家的好评。如果说写小说与语文教师职业有什么关联，我如实告诉你，写作前我必须告诫自己，我现在不是语文老师，我是小说家，将那些课堂上的语文观念撇到一边。

　　写小说不能评职称，辛苦，属自讨苦吃。但是一个写小说的语文教师应该对指导写作有更多的发言权，因为写，他必须读，读书多，他同时也应该对阅读理解有更多发言权。我这样说得罪人，有虚夸同好之嫌。但是一个不读书不写作的语文教师，是没有说服力的。我几年前就在学校开设选修课"小说时评"，今年又开设选修课"创意阅读与写作"，像钱理群先生到中学开设文学课一样，与高考分数直接挂不上钩，不受大多数学生欢迎，但总还是有少数学生喜欢，这就给了我慰藉。

语文教师要追求有品位的生活

语文教学在名师那里被称为艺术,艺术从业者可以称为雅士,我由此推论,语文教师可以追求优雅的生活。优雅的生活是需要经济基础的,但是我们可以对这个概念做另外一种诠释,追求品牌文化是雅,品高档红酒是雅,扪虱清谈也是一种雅。我总觉得语文教师必须有一种文化追求,琴棋书画也好,集邮、摄影也好,爱盆景、藏古币也好,这样的追求会引导我们走进生活,探究中享受到艺术熏陶。

教师历来被视为寒酸之人,从穷秀才到"臭老九",似乎不寒酸就难为人师。我在从业的那一天,就从父母的身上看到了自己的明天。2002年我刚被调入南京,租住在潮湿阴冷的简陋公寓里,我坐在矮凳上埋头抽烟,为一个男人不能为妻子女儿创造优裕的生活而惭愧不已。学校房改已结束,靠工资买房不知要等到猴年马月。教师唯一的副业大概是做家教,我不愿意将自己的业余时间放到家教上,众所周知,语文家教的行情远比不上数学英语等学科。不能有钱，那至少得保证有闲。我鄙视那些不准教师带家教的教育官僚，只要是明明白白地凭劳动挣钱，不搞坑蒙拐骗，那就符合市场经济规律，只是我本人不愿选择这种方式而已。以最快的速度和最少的时间挣钱，只有从商。我不得不把课余时间分出一部分经商，我业余时间做了包工头，兼职广告创意，等到几年后我心生倦意，我发现我即使歇手也能过得很好，我就不干了。我感谢这一段生活体验，它为我积累了写作素材，这在我的小说中体现充分。更重要的是，这段经历使我对语文教学有了新的看法，我真正明白了什么是语文的外延等同于生活的外延，我们的语文课堂离社会生活太遥远了。我觉得怎样说话、怎样观察人、怎样创意写作是语文教学不能忽视的内容，尽管高考不考，但那是有效的生活中的语文。想当年，叶圣陶老先生建议把"国文"改为"语文"，一字之变强调的就是说话，就是口语表达，如今名存实亡了。我在课前五分钟安排学生演讲，倡导学生进行情境对话，指导学生创意作文。我觉得生活本身存在艺术性。

年近半百，我终于在教学之外，可以安心地做自己喜欢的事了——读书和写小说。我对目前的教育体制心生敬畏，把女儿送去了大洋彼岸读书。我不能安心的是，我们的语文教学何时才能回归，语文教师何时才能成为一种自由而优雅的职业。

一想，惆怅之余，心中竟添出几分释然。

语文老师可以"糊涂"一点

自从郑板桥"难得糊涂"的思想流行以来,"糊涂"一词在人们的口中改变了贬义的色彩,一句"难得糊涂"成了很多人随手拈来的"盾牌"。"糊涂蛋""糊涂虫"成了一种可爱的形象,昏昏沉沉、丢三落四成了一种风度,特立独行、不谋权力的人被称为"名士",尤其20世纪的民国教授们,如辜鸿铭、刘文典、金岳霖等老夫子,或狂或嗔,留下一段段逸事,至今成为美谈。我读中学时,一批下放的"右派分子"获得平反,进中学做了教师,经历了种种磨难,文人的"糊涂"却没有消失殆尽,比如一位"文革"前的老本科生,为了与民办教师争一句古文翻译的对错,将唾沫一口吐到了人家脸上。这还了得,当然挨了批斗。私下里老师们却对学生说,有本事的老师才犯这种"糊涂",师生因此对他加倍敬重。在那个岁月,这些人恃才傲物,居然敢将"糊涂"进行到底。

也有一种人自称"糊涂",这类人首先是自己不糊涂,这就像喝酒的人称自己醉了未必是真醉一样，目的是提醒自己加以警惕，告示别人不要陷我于糊涂的境界。也有人把"糊涂"当成了一种犯错的借口，一个贪官可以声称因为"糊涂"才收了别人的钱财，一个杀人犯可以声称因为"糊涂"才杀了人，至少，他在法官面前说出这个词时，他的脑子并不糊涂，他的目的很清楚，就是企图借此逃避罪责，得到别人的宽恕。

智者的糊涂是不必声张的，有一句话叫"大事精明，小事糊涂"，一个管理者，原则性问题寸步不让，方向性问题来不得半点含糊，但是事必躬亲，计较于一个饭局、一次失误，甚至有老总专门搜集公司的废纸，考查厕所中卫生纸的节俭程度，说得好听是发扬节省的美德，其实是"糊涂"的表现。你是老总，你有更重要的事去做，不能将决策者的智慧纠缠于琐碎事务。例如发现一位下属犯了小错，有的领导会去现场看几分钟，默然而去；第二次去了发现对方尚无改正，则善意提醒；第三次再去发现依然不改，于是直言批评。而有的领导则会上纲上线，大会小会批，按照条例扣工资和奖金等，其结果往往相反。只有以人文管理的领导才能做到既服人，又服人心。这样看来，也许前者的装糊涂才是精明，后者的精明才是糊涂。

什么样的糊涂才有风度？记得作家高晓声在世时，北京一位青年评论家撰文，从鲁迅、茅盾一直批到高晓声，我很纳闷，高晓声一直保持沉默，后来他说："我是个糊涂人，懒得计较。"在生活中总有一些人，以攻击和打压别人为能事，倘若你耐不得糊涂，他一出手，你就接招，正是中了他的计谋，所以才有了那句名人名言："走自己的路，让别人去说吧"，所以才有人说：

"装糊涂不仅是宽容，更是一种武器。"

现在的文人，难得见到糊涂人，一根筋到底的糊涂人难以浮出水面，场面上走动的都是左右逢源的聪明人。市场经济，金钱当道，万事讲究效率，聪明人在当下如鱼得水，不必装糊涂。以我所处的中学教育界而言，成名的大师们没有一个糊涂人，大部分人身在官场，兼着这长那长，少部分没"戴纱帽"的，皆能察言观色，惟上级马首是瞻，绝不会说不该说的话，即使做了不该做的事，也能编出一套大师理论，绝不肯承认自己犯了"糊涂"，承认了岂不辱没了"大师"智商？

我有一个学生一不小心做了语文老师，前不久我路过他所在的学校，学生告诉我他做了校长，我当然高兴。坐下来吃饭，一桌校长主任，6个人居然有5个是语文老师，我纳闷了。以前的中小学，很少轮上语文老师当领导，教语文的人有激情也易出狂言，免不了犯糊涂。领导一般培养理科老师当校长，理科老师理性，精明能干会算账。传说中许多国文大师都是数学学得不好，甚至考零分破格才被录取，为人糊涂也是能理解的。现在的语文老师，倘若数学学得差，是注定考不上大学的。因此，他们的数学底子未必比理科生差，算账也吃不了亏。除了数学，即使考语文试卷，标准化试题、标准化答案，铁板上钉钉，一点也不含糊。他们进了课堂，按标准教材、教参讲课，按标准教法教学，你想让他犯迷糊他也不可能。钱理群说，大学培养精致的利己主义者，这巴掌得先打在中学老师脸上，语文老师最应该挨。一个语文老师，将课上得天衣无缝，将人生设置得滴水不漏，恨不得将校园所有的好处捞在手中，真是玷污了语文这门学科。席间，我只能这样对自己解释，是现在语文老师的政治素质提高了。

"装糊涂"在当下成了普通人无奈的选择，你明知对方在背后泼你的脏水，有小人之心，你遇见他还是得笑脸相迎，礼仪相待，倘若对方骨子里是善良之辈，或许他会心存愧疚，不理前非；倘若对方以为你是可欺、可诈之人，为他自己的手段得逞而沾沾自喜，你也不必告诫他，其实你心里有一本账，付之一笑即可。要相信这世上自会有比他更卑鄙的人对待他，多行不义必自毙。你揭穿他，心里吐了一口气，甚至以其人之道还治其人之身，却把自己降为与他为伍者，丢了自己的尊严。做一个语文老师，你有自己的思想和见识，你明知有些活儿是愚弄学生，误导孩子，但分数是硬道理，学生的前程不能耽误，你也只能装糊涂，叹息一声：寄希望于将来的变革。

一个人如果不需要装糊涂，天生"糊涂"自风流，如辜鸿铭、刘文典、金岳霖等率性之人，那当然是最幸福的。退而求其次，人生可以糊涂几回，如郑板桥说"难得糊涂"，我理解成装也要装几次糊涂。人生糊涂不可少，从前，糊涂堪称是境界。因为有糊涂，才有了魏晋风度；因为有糊涂，才有了老庄的逍遥游；因为有糊涂，才有了济公的自如自在。当下，作为语文老师，机关算尽未必是聪明，我主张还是应该勇于思考，保存个性，踏实教书，从心做人，该糊涂时勇于"糊涂"。

教书匠,"匠心独具"你有吗?

特级教师李镇西说过:"为什么所有一流医院收治的都是最难治的病人,而所有一流的中学招收的却是最好教的学生?我相信,一流医院并不缺乏一流的医生,但一流的中学未必需要一流的老师。"老托尔斯泰说过:"幸福的家庭都是一样的,不幸的家庭各有各的不幸。"套用大师的说法,一流中学的学生都是高分优秀生,二三流中学的学生各有各的差。我本人不能苟同高分优生和低分差生这种分类标准,但是神州大地上所有中学招生正是按这个标准执行,绝大多数教师和家长也将这种偏见视为正解,因为录取分数线貌似公正、平等。名校录取的学生基础好,升学率高,教师顺理成章成了名师,校长水涨船高当然做了名校长。行内人心里明白这因果,所以招生季为了招到高分生源,各中学的广告铺天盖地,招生学校对尖子生明争暗夺、明里许诺、私下奖励,甚至不惜吹牛撒谎,尽失斯文。校长在教师会议上高喊:"没有教不好的学生,只有不会教的老师。"招生季到了，校长绝对想不起自己说过的名言。把分数低的学生教成高分考生，这太难了，吃力不讨好。把不但分数低而且不听话的学生教成高分考生，这希望实在渺茫，完全是自讨苦吃，作茧自缚。

一流的中学靠什么成为一流？社会和领导部门的评价标准也在不断变化，最基本的是本科升学率，后来加上了本校北大清华录取人数，加上了省级和国家级奥林匹克一等奖获奖人数。其次是名教师，几乎每所中学介绍本校时都会强调本校的名师队伍，有多少特级教师、有多少学科带头人、有多少优秀青年教师。这个可以理解，也算人之常情，现在的年轻人动辄上网"晒"富，往前推，乡下人夏天"晒伏"，目的是怕衣服、被絮在黄梅天受潮发霉，主妇们也会把最能撑场面的家底晾在最显眼的地方。与大学不同，中学广告里倒不怎么显摆学校有多少新大楼、新场地，一不小心会让家长怀疑有甲醛超标之类的问题。都说封建官场等级森严，一个人踏上仕途，前面有N级台阶等着你，现在的中学教师也不易，从初级、中级到副高、正高，从市青优、市学科带头人到特级教师、人民教育家，很多教师的一生都是在攀高峰的路上。这不难理解，古代皇帝得让朝廷官员觉得有奔头，领导要让教师觉得前程远大，甘蔗越啃越甜。问题是僧多粥少，我们评高级教师时，基本上是"到生日吃寿面"，没有悬念。现在麻烦了，一个学校的高职岗位有定额，没人退休就空不出位置，害得几十号年轻人争一个高级职称指标，什么办法都敢用。评职称也好，评优秀也好，除了发表教学论文，最重要的实绩是看你的教学水平，教学水平怎么看？回到老话题，看学生的中考、高考成绩。有句老话说："男怕入错行，女怕嫁错郎。"对中学教师这个职业而言，男女都怕进末流学校，你把吃奶的力气使出来，学生也没几个能考出好分数，名校的教师"躺着睡大觉"，升学率依然遥遥领先，在别人眼里，论教学水平他比你高出许多。

这样一来，不仅是领导和家长盯着学生考试成绩，教师的眼睛也只盯着考试成绩。我不了解别的学科，就语文学科而言，"大师"们聚会时，常常标榜自己所带班级中考或高考均分全市第一，就如酒徒们酒后报出所喝酒的数量总比事实离谱得多，让旁听者忍俊不禁。年轻教师当然唯"大师"马首是瞻，教学业绩就是学生考试成绩。按照内因外因论，即使学生考得再好，教师也只是外部因素。但校长早忘了学过的哲学知识，只认考生分数，教师们别无选择。比如说教语文，真正读书写作的老师都明白，高中三年，前两年要让学生多读多写，考试技巧训练在应考前几个月操练一番即可。但事实上根本做不到，领导着急、家长着急、学生也着急。从高一开始，期中考、期末考、月考、周考，每张试卷都是仿高考卷，你不弄那玩意儿学生成绩上不去，上不去你得看别人的冷脸，年轻教师谁敢不从？

一流中学说白了就是精密的考试机器，但倘若投料口投进的材料不规则有棱角，机器就会卡壳。这就回答了李镇西的疑问，所有一流的中学只能招收最好教的学生。

三十多年前，我从师范专业毕业分配到一所农村中学任教，高中只有两轨，尖子学生都被县中和二中割韭菜割走了，每年高考目标是不剃"光头"。那时我们刚出大学校门，初生牛犊不怕虎,决定带出一届学生显身手。我自己制订了读书写作计划,鼓励学生读书写作,那是一个文学黄金时代,校长比较开明,并没有横挑鼻子竖挑眼。但三年下来,高考也只录取了几个学生。五年后我调入县二中,生源比不上县中,但比乡下中学好,每年高考能录取三四十位学生。我是乡下人进城,要出成绩,不得不正视高考。两轮下来有点小成绩,校方提拔我做了分管高三的教务处副主任,研究高考成了我的主要任务。若干年后我才调进了目前所在的这所名校。回顾我在3所中学的任教经历,我觉得很有意思,农村中学的家长也望子成龙,但孩子进了乡中,家长也就听天由命,学生压力小,比较自由。县二中的家长能看到希望,不甘孩子掉队,学生苦,老师更苦,因为竞争的对手是县中老师,人家中考分数最差的学生也高过你分数最高的学生。至于在省城一流名校,相当一部分家长都有焦虑症,他们不再担心自己的孩子考不上大学,而担心考取什么样的大学,学生压力大,但能进来的都是尖子生,脑子好使,学习习惯好,家长在校外家教上肯投入、敢投入,教师只要按程序操作,流水线上的产品不太可能走样。三十年前,南师附中老校长胡百良在农村教师培训班上说:"我们应该向你们这些农村教师学习,你们有一个学生考上大学就是创造了奇迹,付出了比我们更多的辛苦和智慧。"当时我觉得他是在安慰我们乡村教师,现在回头一想,不无道理。

由于本人身处外国语学校,我常关注外国中学的名师。老外们不讲章法,不给中学教师爬台阶的机会,入门有门槛,进门后不讲究级差,也没听说过有特级教师和人民教育家。当然,人家也有自己心目中的优秀教师,比如美国人,也评一个"全美最佳教师"奖项,获奖者能受总统当面表彰。我查了几位获奖者,雷夫·艾斯奎斯、罗恩·克拉克、弗兰克·迈考特,他们都不是来自美国排名靠前的牛校。他们的事迹并不是有多少学生考进了常青藤大学,而是成功地帮助了差生,自己也收获了幸福感和成就感。在弗兰克·迈考特所著的《教书匠》一书中,他回忆自己当上老师的头一个礼拜,就有个捣蛋学生将家里带来的三明治摁在教室地上,这一浪费粮食的无耻恶行让迈考特先生大为震惊,他以"艺术鉴赏家的目光"打量了一番地上的烂三明治,然后把它撮起来,吃了。他教书自有一套,曾从学生写的各种检查中找到灵感,遂让他们以亚当或夏娃的口吻给上帝写检查,并阐述自己为什么不该因为偷吃苹果而受罚。再比如法国人,教育题材的电影《放牛班的春天》是我喜欢的法国片之一,主人公马修是一个"光头佬",在不停地失业后他来到了一所寄宿学校,这所学校的名字叫作"水池底部"(也有译成"池塘底"),他满腔热情,却被这个烂摊子重重打击。但他是一个仁爱、友善、亲切、正直的人,从来没有放弃过自己的理想,他以自己的方式渐渐走近这些几乎被人遗忘的少年,赢得了学生的喜爱和尊敬。我相信在中华大地上,也有很多这样的教育工作者,只是他们默默无闻,与名师的头衔无缘。说白了,我们的大地上只推崇名校名师,每所名校都是同一型号的考试机器,名师则是机器上闪闪发光的螺丝钉。

我每每痛心应试教育把学生当成了产品,其实,应试教育把教师也变成了呆板的零部件。一茬茬的年轻教师在身边变成了名师,也变成了无情趣的小老头、小老太,应该引起行业内的警惕。我们赞美工匠精神，但是作为"教书匠"，最应该追求的是"匠心独具"，这需要想象力和创造力，这恰恰是名校名师们不屑一顾的东西，换句话说，在名校当惯了名师，这也是能力所限。

读书以解惑

我读小学三四年级时,"文革"尚没结束,偶然从家中角落里找到一套《红楼梦》,繁体竖排,不知怎么就喜欢上了,读得津津有味,废寝忘食,在被窝里用手电筒照着看,可以一夜不眠。读完有了瘾,便以卖旧书的借口,翻遍阁楼上存书的破箱旧柜,以地下工作者的方式读完了《三国演义》《日日夜夜》等一批中外名著。初一时,我因为在课堂上看《苦菜花》,书被老师没收,被老师撤了班干部的职,却并没放在心上,心中始终惦念着的是那故事的结局,终究还是做了一回贼,去交检查的同时把书"牵"了回来。

我的同龄人中有这样经历的人不在少数,使我至今不能忘怀的是那时读书给我带来的快乐。掐指算来,那时候我只有十一二岁,读书时繁体字于我实在是如一座山一般高大的障碍,没想到我居然翻越了过去,若干年后读大学中文系我读古籍时便比别人从容。那么是什么样的东西吸引了那一个年龄的我呢?只能解释为那时每天课堂学习"最高指示"学得厌烦了,渴求知识的年龄遇上了知识饥荒,而读经典书本身能给人一种幸福。

到了大学,面对图书馆成千上万的图书,俨然有了今天"富翁"的满足。老师们说,先别慌,接着便开出一串串长长的书单来。读着,读着,我体会到了读书的痛苦,抬头看老师,知道老师额头上的皱纹代表的是真正的深刻,知道老师紧蹙的眉头不是故作痛苦状。从前读书,可以天马行空,也可死钻牛角尖,而现在读书,需条条框框,需甲乙丙丁,如此读来便味如嚼蜡,尤其是面对古汉语的语音篇,心中更是愤愤,我不学它不也照样诵典如歌,读这样的书,便希望有邻座来唠叨,或者同学、老乡来访,不能遂愿便只有给自己找借口,于是就上厕所撒泡尿偷一会儿懒。也有过一阵疯狂,高校里曾经刮起过一阵尼采、叔本华的理论风,我掏父母辛辛苦苦挣的钱买了厚厚的书来,一目十行不分日夜地看,担心别人讨论起来因为自己没读过而挨白眼。现在想来,幸亏那时年轻气盛,那种生吞活剥、蛇口吞象的读书方式才没倒了自己读书的胃口。

有读不怕的书,便是小说。喜欢集中读一个人的作品,巴尔扎克、托尔斯泰、屠格涅夫,每个人的作品都形成自成风格的世界,徜徉其中如痴如醉,其热忱不亚于今天的"追星族"。我可以不吃饭,饿了吃几个馒头,自然也不肯去上课,每每被喜欢点名的老师训导时,我当面唯唯却明日故旧。可几个学期的名著读下来,不知不觉应了孔夫子"食不厌精,脍不厌细"的古语,私下对当时文坛的一些作品开始横挑鼻子竖挑眼,其中包括名家名作。于是读小说的最终结果是蠢蠢欲动地想自己做小说家。那个年代，中文系的学生大多做过作家梦，但我在同学中大概是梦醒最迟的。因为有这一个目标，读书便带了功利性，读小说时分心于结构和技法，读理论时想的是与小说相联系，读书就很难读出酣畅淋漓的享受感了。

大学时期读书的另一个失误，便是对西方现代派作品的偏见。那时尽管高校尚没开设西方现当代文学的课程，但外国文学出版社已出版了一套西方当代文学作品选，另一家出版社也出版了一本美国当代短篇小说选。我有一位姓曹的同学看得入了门，极力向我推荐。我看了几篇，感觉怪异，不以为然，好像是一位吃惯了甜腻食物的苏锡人对四川麻辣菜的不感兴趣，便与它们失之交臂。很可惜我那位同学，后来选择了做教育家，否则以他的灵性，在不久后文学界对西方现代派作品"大炒卖"的潮流之下，一定也能"领一时风骚"的。

毕业后我做了中学教师，现在的中学语文教学，从事的是"将一件浑然天成的艺术品打碎"了鉴赏的职业，纵然是优美如朱自清的《荷塘月色》，在我的眼中也只是一堆支离破碎的文字。大量的阅读理解选择题，使我无法容忍又无法逃避，副作用是我闲暇时不再读散文，好在高考语文试卷至多就考几篇散文，我自我安抚说我还可以读别的文字。又时逢文坛"混乱"，"城头变换大王旗"，各种文学流派令人目不暇接。有心跟上时代的步伐，却每每被时髦作品折腾得心力交瘁，宛如进入迷宫，懊恼时每每疑心是不是自己读书的眼光染上"匠气"所致。

年近半百，老人安适，孩子去大洋彼岸求学，我别无所求，总算明白，我这样的庸碌之辈只能满足于做一个懒散的人。闲暇时光，随手从书架上取一本书，坐在院子中，喝一口茶，读一页书，有时居然也会怦然心动，那种隐藏在心中的热忱被悄悄唤醒，会心的微笑情不自禁地爬上眉梢。偶尔，去参加一些作家朋友的聚会，"酒高茶熏"之时，我免不了对作家作品说三道四。有朋友就说："别光说不练，有本事你也写个作品给我们读一读。"这是逼人太甚，写就写呗，我坐到电脑前，一写六七年，一气写了一百多万字，真的写出了点动静。这几年，有评论家质疑："老余还能保持这股劲儿写下去吗？"我在创作谈中回答："能！"一个走了大半人生路的人，人生积累不缺，缺的是文学理论。写作之余，我坚持大量的文学阅读，自我规定，读书每年不少于 40 本。不读书，你掌握不了国内外的文学动态，你不了解文学流派的多彩多姿，你写了半天以为是"十里春风"始，可往往是"冬之肃杀"临，却不自知。读书之余，我还在两家报刊开了读书专栏。读书在我，是一种思考，目的是写作。

这几年读书之风渐浓，国家倡导"全民阅读"，学校建设"书香校园"，民间雨后春笋般涌现一批读书社、读书园，我也有幸成为一家读书社的挂名指导专家。这当然是好事，但是，让我困惑的事又来了。比如我从业的语文教学领域，一夜之间涌现了一批阅读教学专家，他们有自己的"山头"、自己的"旗帜"，有课题、有长篇大论。我读过一些宏论，说穿了就是中考、高考阅读理解题的另一个翻版。更有一些教育专家，开出一长串的书单，合起来简直是大百科全书，我疑心，开书单的人他读过其中几本？有人主张小朋友读国学类书籍，有人倡导孩子读杂书、读闲书，这些人为了给自己脸上抹粉，不惜让孩子们被洗脑、被误导。

我以为，读书需要引导者，需要方法，但最主要的要发挥读者的主动性，让读者去选择去"扬弃"。一个人在不同阶段需要补充的营养不同，不同的人生有不同的需要。就如这世上的生物，它们选择的食物总是能提供适合它们自己生长需要的营养，我们应该相信读者，我们应该给读者选择权。

我庆幸我现在又能体会到读书的快乐了，这是在我活了大半生之后。我又无法抑制我的悲哀，据说一些大作家大学者他们天生捧起书就会沉醉，他们的事业是在书本组成的琴键中欢快地弹奏出来的，那是怎样的一种人生境界啊！愚钝如我，永远都只能望其项背，即使想出丁点成绩。我虽然不想付出"头悬梁，锥刺股"的刻苦，但是不读书就惶恐的心态已成病态，这样的读书心态是精神可嘉还是可怜可恨，真说不清楚，只能存疑，反正读书本身就是一种解惑。

新学期给学生的一封信

同学们好:

又是一个新的学期来到了,我送走了上一届高三学生,又站在高一教室的讲台上。不要嫌弃我白发苍苍,不要嘲笑我手中端着保温杯,33年前,我大学毕业后第一次登上讲台,也是朝气蓬勃的小伙子。有时我很矫情地问自己:你凭什么33年坚守讲台?世界那么大,我也想去看看。我想可能因为我是一个胆怯的人,因为我除了教书别的都做不了的缘故。但是,最真实的原因是,我离不开我的学生,离不开校园。青春多么美好,与青年同行是幸福的。

什么样的高中生活才无愧于你们的青春?

首先,我希望你们拥有独立思考的能力以及清醒的头脑。一路走来,从幼儿园开始,你们的学习和生活都被纳入了家长和老师既定的轨道,他们的价值观成了你们的价值观,他们的选择替代了你们的选择,他们习惯忽视你们内心的呼喊,用社会普世的共性剥夺你们的个性。是时候了,要敢于选择你们自己正确的成长道路。今年暑假,我的一位朋友向我求援,他的女儿从美国一所常青藤大学金融专业博士毕业,读书读到了30出头,回国后第一件事是将学位证书交给她爸爸,说:"这是您要的,我替您拿到了,算是对得起您多年的培养。"她坚决拒绝就业金融行业,而选择去了一家动漫公司上班,因为她喜欢的是动漫。我能想象,这位女生攻读学位的漫长生涯充满了多少痛苦和无奈。我不希望这样的故事在你们身上重演。相反的例子,今年我在哥廷根大学做驻校作家期间,我的学生中有一位德国姑娘玛丽,是中德文化比较专业在读研究生,她告诉我,她高中毕业就到中国四川藏区支教3个月,然后回国在波恩大学藏语专业读完了本科,硕士毕业后她的志愿是到中国藏区从事文化研究工作。为什么?为什么一个德国姑娘会做出这样的人生选择?只是因为她极其热爱神秘的藏族文化。有的同学会说,我也希望能有自己的选择,但是,爸爸妈妈不同意,爷爷奶奶、外公外婆不同意。我理解,但至少你要有独立的思想,知道你想要的是什么,如果有一天让你自主选择,你有理想、有主见,不会束手无策,不会随波逐流。至少,你要从现在开始,学会对老师和家长的话质疑,不盲目地做老师的应声虫,不去参加你不喜欢的学科竞赛,拒绝加入课后和节假日无穷无尽、劳民伤财的补课大军。孩子们,不要因为利益和诱惑放弃自己的理想,不要因为某种潮流而改变自己的信念。

其次,我希望你们的学习和生活不缺乏诗意。我曾经读过一本书,二战时期的一位战士对战友说:"我们今天打仗,是为了以后我们的儿子可以做生意,是为了以后我们的孙子可以写诗。"二战过去这么多年了,你们的爸爸多少年前就可以做生意了,但是你们还被引导着继续做生意,似乎要祖祖辈辈做到底。那位战士口中的"做生意"我理解成追求物质生活,"写诗"我理解成"精神享受"。世俗社会的拜金主义,不可避免地渗透校园,老师和家长精致而功利的计分算盘,从来就没有在你们耳畔清静过。精致是优秀品质,功利是无奈之举,在老师和家长眼中,首先要有"敲门砖"敲开名校之门。他们决意要牺牲你们的诗意青春,但是,人生能有几次青春?我并不同意当今的教育理念,当我的学生被关在教室考试时,我坐在讲台上常常思绪万千,遥想大地开冻、万物复苏、草色青青、桃红柳绿的当年,孔子带着弟子,沐春风、享春意,聆听春之声的场景。我心有戚戚。当我面对中考、高考失利后,面如死灰、如丧考妣的学生时,我常常想到异国他乡在职院、技校那些快乐的学生,他们有所爱、有所长,心中有诗。我心悲凉。年轻人,我也承认,在物质世界,空想是没用的,艺术无用,诗意无用,甚至爱情也无用。但是,在每个人一生的幸福记忆中,它们却如空气不可或缺。

读万卷书,行万里路。这是老话了,原谅我,我是一位语文老师,还是一位中老年文学爱好者。读万卷书对当下的你们是不可能的了,因为你们的时间被填满,做万道题倒是能轻易做到。我退而求其次,希望你们一年中读几部文学经典,小说或诗歌,文学能教会人爱与良善,爱与良善能让一块石子变成诗,一枚草叶变成诗,能让你变成一首诗。我还希望,在某个课间,在某个傍晚，你拿出曾经拿过的画笔，描摹你心中渴望的世界。或者，坐到久违的钢琴面前，抹去琴盖上的灰尘，打开琴盖，弹一首属于你的曲子。这时候，你会感谢父母当年逼你学画、学琴，尽管他们当年只是为了择校时你能加特长分。行万里路现在已不是难事，动车据说时速将提到 400 千米，飞机已将世界变成地球村，也许，旅游已经成为父母给孩子例行的奖励，但这不是古人说的"行万里路"，用现代交通工具代替了传统的方式，这是社会的进步。我不赞成的原因是因为这种方式，人太挤，时间过于紧张，你来不及与历史和自然对话，来不及酝酿诗情画意。孩子们，既然老师和家长对你们休假的时间斤斤计较，我只能建议，你时常申请去老家住一两夜，和把你当宝贝疙瘩的爷爷奶奶或外公外婆相守，和祖宗的灵魂、和滋养你家族的山水细语，那更是一首长诗。

我还想悄悄告诉你，初恋其实也是唯美的诗篇，不必为此羞愧。

最后，我想提醒你们的是：锻炼身体。在人的一生中，青春期是最美好的阶段，你们现在没有理由忽视身体健康，不论课业怎样繁重。我在欧美高校的校园里逗留时，发现一个有趣的现象：来自中国的留学生，我看一眼基本上能判断出该生出来几年了。很多新生，他们在课桌上趴久了的身板还没挺直，习惯了低着的脑袋还没有昂起，但是，时间长了，运动场、健身房也有他们的身影。于是，高年级的留学生走出来，男生宽肩体健，女生疾步翩翩。我一直有个设想，能不能让锻炼身体的意识早日自觉，你们在中学时代就应该追求健美的体魄。家长对你的要求是不要生病，因为生病影响学习。这目标太低。班主任对你的要求是参加运动会比赛获奖，赛前突击训练，赛后忘到脑后。这出发点过于功利。我要对你们说，孩子，身体是你自己的，健美的身体是人生最耀眼的名片，你值得拥有。我认为，坚持锻炼是对意志的考验，是精神的焕发。

以后在校园里，我能经常在教室看到你们青春的脸庞，但我更愿意看到你们在运动场上矫健的身姿，更愿意看到健身房里你们运动的背影。很可能，我也将是运动队伍中的一员，不信？我的保温杯立在一边默默作证。

  致以

  诚挚之礼

豆腐会说话

李爸随儿子李三胜进城，父子俩不是去打工，而是做老板，开始是小老板，开了一家豆腐店。李爸做的豆腐味道好，在老家远近闻名，太阳一竿子高就卖个精光，根本用不着走街串巷吆喝。李三胜进城早，眼界高，启发老爸说："豆腐走俏，你就不能多做点？多卖就多赚。"这道理李爸当然懂，但李爸当初不答应，豆腐好首先要黄豆好，李爸收购黄豆讲究，饱满粒圆不说，还必须是生长于面南朝阳的坡地。每年黄豆收获季节，李爸都带着"红票子"上门收购，也就收有限的几十担黄豆。再说，买豆腐的就前村后村老主顾，贪多说不定卖不完而亏老本。

李三胜不依，李三胜做老爸的工作，说："您管做我管卖，凭您儿子的销售本领，包销。"李三胜骑一辆带拖斗的摩托，拖斗里放水桶，水桶里养着水豆腐。车头装着一电喇叭，喇叭里说的唱的都是夸李家豆腐好的词。每天回家父子数钞票算收入时，儿子说："您看，酒香也怕巷子深。"

过了一个月,李爸又不肯多做了。李爸说:"照这速度,库屋里的黄豆挨不到大年,旺季反倒没豆腐卖了。"李三胜笑话老爸:"谁说做豆腐一定要用那么好的豆子,掺点别的又能咋的?咱家的豆腐好,不如说是您儿子的口舌功夫好。"

李爸拗不过儿子,好在李爸更加兢兢业业,工序精细,豆腐口味没什么变化。一年下来,李家真的赚得肥了,儿子说:"好日子还在后面,咱进城。"儿子描绘了辉煌前景,李爸这回应下了。

城里人孤陋寡闻,没吃过老李家的豆腐。好在李爸准备了新购的豆子,带来了家传老卤,很快就在客户里赢得了口碑。李三胜不满足做小老板,成立了李家豆制品公司,印了名片自称李总。李总出场创新不断。李总策划了豆腐节,广告都上了电视,还在网上建了网店,很快李家豆腐供不应求。李总觉得老爸跟不上节奏了,收购黄豆现在顾不上挑拣,石膏代替老卤多快好省,最后干脆引进了豆腐机器,这边黄豆进去那边豆腐就出来了。

李爸靠了边,李爸为儿子高兴,觉得儿子头脑灵活,会宣传,是赚大钱的料。李爸在老城区租了一间旧房,手痒,做几板豆腐度日,不愁销售。

日月如梭,两年过去了,忙得不见影的李总来看李爸。李爸忙着把最后一板豆腐卖完,才发现儿子进屋后一直没说话。李三胜后来开了口:"爸,豆腐卖不动,公司垮了。"

李爸口讷,不知怎样安慰儿子,意味深长地说:"儿呀,你是能说会道,其实豆腐自己也会说话。"

创作谈

写小说这事，我怎么当真了？

好像是在下午四五点钟左右，我接到了一个来自北京的电话，用座机打的。那时候北京的座机号码不像现在这样令人生疑，我欣欣然接了。一个小伙子说："我是曹威，《小说选刊》编辑。"一瞬间我有些迷糊，首先想到的是我有一个大学同学与这个姓名同音，在母校的中文系做教授，但随即我就清醒了。曹威说："您的大作《我不吃活物的脸》我们刊物想转载，现征求作者的意见，请问您同意否？"我当然同意，不是大作是小作，只是发表在《钟山》杂志上的一篇短篇小说。我不是一般的同意，是"哭着喊着"同意的。从二十世纪八十年代初上大学发表第一篇小说起，我几乎每年都鼓捣一二篇小说，以提醒自己曾经是个文学青年。那些小说有的运气好，发表了，有的就"闷死"在抽屉中，终不见天日。我写得不多，却读得不少，就像进城打工的小伙，我不能将大街上喜欢的奢侈品都拥为己有，我看看总行吧。挑一条风景好的大街，毒辣辣地用眼光攫取每一种奢侈品，也堪称过把瘾。《小说选刊》就是我那时常常蹲守的"街区",从文学青年熬到文学中年,热闹是他们的,奢侈品是他们的,突然有一天,有奢侈品一不小心跌进我怀中,这实在太让人难以想象了。打个比方说,我当时最大的奢望就是天上掉个馅饼,或者就是买彩票能中个三等四等奖。盼星星盼月亮没盼着,没想到进入中老年,突然撞了一回大运。这感觉现在的年轻人觉得不可思议,但从二十世纪八十年代过来的文学粉丝不会有丝毫怀疑。《小说选刊》是中国作协直属的刊物,最早几届的全国优秀短篇小说评选就是由《小说选刊》杂志社承办。我当时一定说了一大堆感恩戴德的话,说不定肉麻的程度将那位年轻人吓得不轻。几年后我去领《小说选刊》年度奖,打听曹威老师,说已经调走了,令我很是怅惘。他是我文学道路上的贵人,居然无缘谋面。

那一年是 2009 年,这是我人生道路上重要的一年。严格说,我算不上文学的铁杆粉丝。大学毕业后,我被分配到了一所偏僻的乡村中学任教,我当时安慰自己,想成为作家,积累基层生活经历不是坏事。安心读点书,写点东西,但没过几年我就被调动了,调进了县城一所中学,娶了妻,有了女儿。我积极求上进,做了学校的中层领导,我对自己解释,文学当不了饭吃,先放一放。40 岁那年,我调进了省城,还是做语文教师,在一所全省数一数二的名校任教。压力大,福利房没了,得挣钱买房。名校皆名师,咱不能让人小瞧。人人都知道我写小说,我得证明我也能搞教学写论文,那些年我每年发表十几篇教学论文。弄小说的劲头越来越小,2007 年我获得了"市学科带头人"和"省 333 带头人"的荣誉,下一步得取得特级教师称号,我几乎得与文学说拜拜了。这期间我接触到了一些语文教学大师,正值教学改革,我有机会结识大师,觉得"浑水摸鱼"的人居多。"摸鱼"人人都想,就如乡下光棍想"摸老婆",是人之常情,但你能不能不扯上别的什么,比如教学不要扯上这门派那主义的幌子,说白了,是奔钱而来、奔分数而去,不丑。退一步想,有了头衔的人免不了要有真才实学,或者把教语文理解成只是教学生读书写字。我改变了主意,要赚钱就实实在在做生意,要教书就老老实实带学生挣分数。职业理想变成了泡影,那一阵子我对人生很迷惘,又捡起了写小说这行当。

小说这门手艺,在我眼里即使不说神圣,至少觉得是掺不了假的。一篇小说摆在那里,不管它有没有获奖,不管它的作者是否厉害,每个读者心里都有一杆秤,尤其写小说的同好,都掂得出作品斤两。我对别人的小说很吝啬赞扬之词,不仅是醋意,我觉得这事得当真,遇见好的小说,我也不掩饰我的膜拜之情,恨不得拉上作者请茶摆酒讨教。这年头有很多事不敢当真,政客嘴上说得一套套的,你不会被他忽悠,只看他给不给你"戳印章";商人嘴上像抹了蜜,讲得天花乱坠,他真在乎的是能赚去你多少真金白银。小说这地儿,不定也有圈子,有山头,有朋友捧你、赞你,你一时觉得自己上了天,但隔天重看一遍小说,你就晓得不是那回事,小说摆在那里呀。

我的小说第一次上了《小说选刊》,这对彼时的我是一件有意义的事,坚定了我将小说写下去的决心。那一年我四十七八,年近半百,我的工作和生活稳定,经济上具备了满足小市民虚荣心的基本条件,女儿也在这一年拿到了大洋彼岸高校的录取通知书。我得做我自己喜欢的事了——写小说。

接下来,我与《小说选刊》有了不解之缘。先是中篇小说《不二》被 2010 年第 5 期的"争鸣"栏目推出,不是头题,关注度胜过头题,栏目同时配发了我的创作谈和 3 位评论家孟繁华、何吉贤、李云雷的三人谈。孟繁华孟老,当代文坛上谁人不知谁人不晓?居然在评论我一个无名小卒的作品,这都是《小说选刊》做的善事。孟老说:"《不二》有直面生活的勇气和诚恳,面对人性深处的溃败、社会精神和道德底线的洞穿,余一鸣'不二'的批判或棒喝,如惊雷裂天响遏行云。"这表扬让我眩晕,《不二》毫无疑问成了我的成名作。接着,我的中篇《人流》《愤怒的小鸟》《种桃种李种春风》都上了《小说选刊》,都上了头题,都配发了我的创作谈。

我想见见《小说选刊》的编辑老师们,我这人思想保守,相信"贵人说",我觉得我此生哪怕是取得最小的成绩,都离不开看得见、看不见的贵人援手相助。从我小说的进步而言,说《小说选刊》的编辑老师是我的贵人不算夸张。机会说来就来,2012 年春节过后,我接到电话通知,《人流》获得《小说选刊》2011 年年度文学奖中篇小说奖,还让我赴京领奖。

我在一所名校当老师,非富即贵的家长没少见,在有钱有势的人面前我不会露怯,该端架子的时候我挺像模像样,毕竟谁也不欠谁。但在那天赴北京报到后的晚餐上,我很紧张,我默默地坐在一角,暗地里将名字与人对号,我那桌上有冯敏副主编、秦兆阳副主编、我的责编鲁太光、美女编辑付秀莹、郭蓓,都是第一次见。这些人都帮过我,我欠着他们,我该端杯一一敬酒。但我那天只会灌自己的酒,嘴拙,现在想来是乡下人进皇城,掉老底子了。隔壁有人喊我的名字："余一鸣，谁是余一鸣？"我应声站了起来，醉眼看去，是一个挺拔的中年男子。"小说写得不错。"他说，"我是杜卫东。"我慌忙谢过，隔空遥敬了一杯酒。杜卫东，就是杜主编，我对上号了。后来才知道，那时候杜主编已经年近六旬，快退休了。后来见到杜卫东这个大名，是在今年我的中篇小说《种桃种李种春风》获得一个小说奖项时公布的评委评语，杜老师给了令我脸红的评价：

这是一篇难以找到瑕疵的小说，作者通过大凤盼子成龙的人生际遇，对现行的教育制度进行了深刻的批判。小说的叙述内敛，节制，富有节奏，人物的刻画细腻、生动、幽默而富有动感。小陈老师之死，家宝不幸罹难，吕特的始乱终弃，老陈书记的仗义相助，大有公司的非法牟利，使小说从不同视角揭示了现行教育制度的种种弊端和由此弊端派生出来的种种社会病象。难能可贵的是，作品充满了对底层劳动者的悲悯与同情，流淌着一种令人心动的关爱。

杜卫东

我知道，杜老师的谬赞是在鼓励我这个他曾经培养的作者。即使我们现在面对面相见，我们肯定也彼此不认识，但是，他一定记得我的姓名，记得他曾经审读过的我的小说。

那两年我的小说运很顺，但这毕竟是文学边缘化的年代。我的小说不愁发表，常被转载，偶尔还获奖，但收入还是可怜。

业余读书读得老眼昏花，写字写得腰酸背疼，我辛辛苦苦一年下来，进账比不上同行带家教的零头，甚至比不上兄弟们随手一单生意的赚头。我有些犹豫，我说过，我算不上文学铁粉。这时候发生了一件事，我的一篇中篇小说在《小说选刊》终审时被撤下了，一位主编说："余一鸣能写出《不二》《入流》这样的小说，要上就得上他越写越好的稿子，期待他更好的作品吧。"那是我写作遭遇瓶颈的时段，淘金题材的三部曲完成了，有评论家跟我半开玩笑："老余你下面能写什么？"我几乎想撤了，世界那么大，诱惑我的东西太多了。但是主编的那番话传到我耳中，我意识到，做逃兵可耻，许多人对老余还有期待，我得写下去，不能辜负扶助过我的人们。后来我做到了，完成了教育题材三部曲，已经发表的前两部《愤怒的小鸟》和《种桃种李种春风》都登上了《小说选刊》头题。

眨眼间业余写了六七年小说，有了一点小小的成绩，我真心觉得不易。到了这把年纪，做什么都遭嫌弃了。文坛也一样，同龄人都在文坛殿堂有了座椅，被热捧的轮到70后、80后、90后作家，我在尴尬的年纪选择了尴尬的事业。但写着写着，我已没别的喜好了，别无选择，只能埋头往下写，好在有许多像《小说选刊》这样刊物的老师仍然期待着我的小说精品，说到底，写小说、发表小说的人只在乎小说本身。

肾好，才是真男人；小说好，才是真小说家。感谢《小说选刊》一路的鼓励，写小说这事，我当真了，较真了。

（我与小说选刊，《小说选刊》2017年第1期）

南方有嘉木

《中篇小说选刊》40周年了，最早，我是她的读者，从大学生助学金里，从微薄的工资里，抠出热爱文学的钱，去邮局零售柜台守候并迎接她。最近10年左右，我专注于小说创作，尤其是中篇小说创作，我成了我热爱的这本刊物的作者，统计了一下，我有9篇中篇小说荣幸被《中篇小说选刊》杂志选载。我说我爱这本刊物，不是煽情吧。

大概是2012年的春天，我接到《中篇小说选刊》杂志社的通知，邀请我去参加杂志社"2010—2011年全国优秀中篇小说"颁奖大会，我心中暗暗猜测：莫非小说获奖了，否则我这样一个业余作者，有什么资格专程参加这么重要的颁奖会？果然被天上掉下的馅饼砸到脑袋了，《不二》获奖，这一届获奖的6个人中，江苏占了3席，另两位是省作协主席范小青和副主席叶兆言。意外的惊喜是，会议安排我作为获奖代表发言，那时也是年近半百的年龄了，居然激动得如小学生，将发言稿修改了几遍才踏实。

就是那一次，我见到了杂志社的各位老师，见到了文坛上传说中的大美女主编（以前只拜读过她的小说和看过她的照片），见到了来自我们苏南的温婉美女晓闽主任，而寥主编和曾主任，那时还是风华正茂、血气方刚的小帅哥。这是我首次在省外获得小说奖，给我留下了深刻的记忆。

每次我有小说被选载，都被要求写一个创作谈。现在翻阅这些千字左右的短文，陡生感慨，当年写作的快乐与痛苦重现，几乎是我写作路上每一个"足印的截屏"，为此，我特别感谢这本刊物。

每个作家心中都有一张文学地图，这张地图上有自己崇拜作家的家乡，有自己热爱的刊物地址。在都柏林，我忍不住打听乔伊斯的故居，在纽约，我询问《纽约客》杂志社的社址，尽管我读不懂英文小说，还是买下了一年的杂志。而福州，这样一个并不显赫的南方城市，因为有《中篇小说选刊》这本杂志的存在，在作家的心目中，因此变得高大上，成为文学的标杆地。我读过林那北写的《三坊七巷》，多次想象那里的人和景物，我也记住了一个地址——东水路76号，我走过许多地方，却一直没到过福州。我有一个愿望：过几年退休了，我会去看看福州的三坊七巷，然后坐电梯到某大厦的8楼，讨一杯茶喝。

鱼我所欲也

《子非鱼》发表后,很多朋友都以为我是钓鱼爱好者,我在中学同学和大学同学中,年龄算小的,他们比我早退休,很多老同学退休后都喜欢上了钓鱼,他们在同学群中常常相邀一起钓鱼,我一次都没参加过,有同学说:"老余这家伙,隐藏得深。"我很高兴,这说明关于钓鱼方面的描写,没让他们找到破绽。我从小生活在水乡,在读中小学时,和小伙伴们在放学路上钓过翘嘴小白条,那种小白条浮游在水面,钓饵就是随手拍死的苍蝇,钓钩扔下去,小白条就毫不犹豫地咬钩,咬得快,死得也快,很快就能装满我的长方形铝饭盒。我们那时读书,中午食堂吃的是蒸饭,早上出发前学生自己在铝饭盒中淘米,加水,塞进屉形蒸笼,中午就有香喷喷的大米饭吃。晚上放学,那铝饭盒是空的,正好可以用来装小白鱼。回家后母亲或清蒸或红烧,就有了第二天中午吃饭的小荤。那时候的鱼单纯,人也单纯,钓竿是小竹竿,钓钩是拗弯的缝衣针,钓完了随手往稻田里一藏,自己记得地方就不会丢。装满铝饭盒,大家就陆续往家里赶,钓多了吃不完。这种钓鱼在高手眼里几乎称不上"钓",钓具简单不说,不问时辰,不做窝子,渔获更让他们看不上眼,简直就是些糊弄猫的"猫鱼"。除此之外,我几乎没正儿八经地钓过鱼,工作后有位城里的朋友下乡钓鱼,我作陪,也假惺惺地戴顶草帽,弄张凳子在池塘边坐着,可心思总是集中不到浮标上,朋友一天钓二三十斤,我连鱼影子都没见着。看来我天生不是钓大鱼的人,钓大鱼得有耐心,得揣摩鱼的心思,得谋篇布局,后来我就不参加钓鱼活动了。这篇小说写完我投给了《中国作家》,责编小许老师说,她一口气读完了,顺畅。我担心这是一种委婉的批评,现在好的小说都要讲章法,讲技巧,讲流派。好在小说顺利发表了,至少,读者以为我是钓鱼的行家里手。我本科的毕业论文是评论陆文夫的中篇小说《美食家》。《美食家》是陆先生的代表作,影响很大,有记者采访陆先生,问他本人是不是烹饪大师,怎么能把松鹤楼的名菜烹饪过程写得活灵活现,陆先生谦虚地说:"我真没那手艺,要有那手艺,我就不做作家了。"但我认为,至少,那几道菜他曾经品尝过,打动过他。这证明了一点,小说家只要专注和投入,也能在小说中变成某些陌生领域的行家。如果小说中一不小心露怯或者露出了破绽,那就不算成功的小说。我去欧洲和北美,鱼市上都看不到河鱼,摊位上摆的都是切好的一段段海鱼,我蒸煮烧烤,都做不出我想要的河鱼味道。食材很重要,换句话说,烧菜得从食材出发。我在家下厨,最喜欢买的鱼是小杂鱼、小白鱼、黄皮鳑鲏之类。一方面,在水乡长大的我,知道这类鱼没人会人工饲养,价格便宜,却对水质要求高，不值得养殖主费那脑筋饲养；另一方面，我这样在水乡长大的人好这一口，是我小时候熟悉的味道。

感谢《中国作家》发表了《子非鱼》，感谢《中篇小说选刊》转发《子非鱼》，期待读者们评点我端上的这份"清蒸鱼"，并给予批评指正。

春秋淹城

我在《烙印》中描写的"淹城",其实就是我的祖籍地常州。小时候我对常州的记忆,就是一年一度的春节之行,我的奶奶和大伯居住在那里,在春节我能吃到很多没吃过的食物,这让我觉得常州是富裕的地方。在我高中毕业之前,我的大伯已替我安排好工作,去常州一家橡胶厂做工人,而我的外公,则是我出生和成长所在地的大队支书,他做通了建筑公司的工作,安排我去南京建工学院学一年预决算,再做一名建筑技术工。我参加高考,考取了江苏师范学院,避开了那次两难选择,我的人生,可以说与常州这座城市再无交集。常州常和另外两座城市合称为"苏锡常",虽说总是名列老三,但是长江三角洲富庶之地,我的堂兄弟们都做了或大或小私企的老板,偶尔我也有奇葩设想:假如我回常州工作,我应该也有了自己的一方天地。一直到前年,我家的祖屋拆迁,我不得不连续跑常州办各种手续,与常州这座城市又多了联系。去年下半年,常州市设立了一个文学奖叫

"高晓声文学奖",我的中篇小说荣幸获奖,在赴常州领奖的那两天,我住的宾馆距我家的祖屋只有公交车两站之远,我忽然意识到,我其实离不开这块祖居之地,血脉的流淌生生不息,永远割不断。

我那一年被江苏师范学院录取,实在是阴差阳错,我的高考分数只比一本线高了几分,我的目标是二本的政法学院和商学院,没想到那年江苏师院被划为一本招生院校。拿到录取通知书,我不是很高兴,但是我父亲却很欣喜,他认为中学教师是一个好职业,虽然略微贫苦,却远离政治风险,其次,江苏师院在苏州,我从高淳去苏州来回,都经过常州,正好可以看望奶奶和大伯大婶。我的父亲做了一辈子乡村教师,却没有厌倦教师这个职业,这实在是件令我困惑的事情。一个星期前,我在中学教师岗位上退休,我真的没想到,我这个从心底里藐视中学教师职业的人,居然干了40个年头,是大学同学中罕见的把一线教师做到底的人。我父亲说:"你不做教师,你能做什么?"我答不出。退休了,我才觉得,有或者没有,多或者少,其实对人生的意义并不大,我不得不佩服我年轻时的父亲。改革开放初期,我的二伯,也就是我父亲的二哥,在浦东拿了一块地开厂,红红火火,我们春节的团圆有两次直接改在浦东。我和父亲在厂区散步,父亲说,财富这东西,可以像潮水一样涌来,也可以像潮水一样退去。幸亏这话没让他二哥听见。我父亲这样想,也是这样做的,我小时候,家里的伙食鱼肉不断,父母的工资都吃光用光,小时候我就吃成了个胖子。我一直认为,这与父亲的童年记忆有关,祖上再大的家业都被日本人一把火烧光了,不如吃光用光踏实。

前两年我致力于研究稻禾文化，写了《湖与元气连》《稻菽千重浪》等几篇中篇小说。常州作协主席舒文先生说："你来淹城遗址看看，稻禾文化的起源地就在淹城。"有人说，明清看北京，汉唐看西安，春秋看淹城。淹城的三道护城河，水护城，城依水，它和浙江的良渚和高淳的固城几千年来就同属一个水系，我站在护城河边，看着茂林修竹，青禾葱葱的景象，我思绪万千。

我觉得我有必要写一写我的祖籍地，写一写常州这座城市留在我身上的印记了。

起笔的时候，我以为我能追随情绪的波澜，一泻千里，但事实上我没能做到，那需要青春激情支撑，需要长空万里无云，我写的过程中常有对自己人生的质疑，对上一代与下一代的追问。看似多余的人未必多余，只是换了一种价值呈现方式，躺平未必躺倒不干，只是休憩方式而已。追求财富，追求物质利益，与追求生活充实并不矛盾，可以相容，也可另辟蹊径。我在写作的过程中有许多反思和展望，也有我一个花甲老头的困惑。有一点我可以保证，我的这份情感是真挚的，在我不严肃的语言表象下，隐藏的是沉甸甸的思考。青黄复青黄，春秋又一年，我们有责任、有义务反思与追溯，将生生不息的精神永久传承。

感谢徐晨亮主编，感谢《当代》杂志，这是我第一次在《当代》上发表小说，作为一名《当代》的新作者，我将以新人自励，不懈努力。

文字与地气

这几年写小说做过一些尝试：如中篇小说《奥林匹克数学村前传》，引入数学和几何语言诠释；如短篇小说《丁香先生》，运用荒诞想象。有些陷入绞尽脑汁、山穷水尽的困窘，于是，想歇歇脚，回到传统现实主义写作中来，《请问，您愿意加装电梯吗》这个中篇小说就是回归的一篇。从题目看，是应时的题目，其实，可以看成一篇成长小说，主人公选择的人生路是一步一步爬楼梯，而不是坐电梯。用小年轻的话说，即尽愿在自行车后座上笑，也不选择在宝马车里哭。而在一步一步地攀登过程中，同时揭示几个家庭当下的困惑。不同年龄、不同境遇的人们其实都有共同的沟通需求，有彼此"取暖"的渴望，而每个人心中都存在着天使和魔鬼，社会的进步在于激发人性善的一面，小说的女主人公正是在外在工作交际和内心自我激励中不断成长，完成工作任务的同时不断完善自己。

到人民中去，不是一句空话。写这篇小说前，我曾经交往了几位朋友,有街道工作人员,有物业管理主任,还有几位旧小区的老业主。我的体会是,**像我这样愚笨的作家,下笔时必须有切身感受,有设身处地的情感代入,小说才不会假,人物才会真诚。**

曾经有一个阶段我不自信,写惯了揭露人性丑陋的小说,担心自己能否写好正能量题材。重新阅读了一遍契诃夫的小说,发现他在歌颂人性美塑造正面小人物方面也有一批优秀作品。一个真正优秀的小说家,首先是尊重内心,尊重个人对时代的认知,其次是寻找属于自己的小说语言,怎么找?融入当下生活。

一个人无法拽着自己的头发逃离地球,一个作家无法抛弃人生阅历和生活经验。许多传统的现实主义创作观并未过时,我觉得我应该在创作中探索并提高,不断自我勉励。

谢谢《清明》宏兴主编的约稿,这才有了这个作品。

亲情是人性最后的堡垒

当文人学者感叹活得不易，反复强调内心的孤独和寂寞时，我常不以为然，能说得出来写得出来的都算不上什么，真正的孤独与寂寞是捕捉不到的，它似乎随血液在体内东奔西突，居无定所，或者悬浮于头顶三尺，飘忽不定。

我写下《小桔灯》(中篇小说)中这一老一少两个人物，老者被智能世界抛弃，被传统道德观和价值观束缚，他的选择是躲避。而少女久久因为二孩政策她父母给她生了双胞胎弟弟，觉得在家庭的地位被边缘化，走向忧郁和苦闷。这正是我们的生活现实，当整个社会沉浸在追逐金钱和进步的快乐时，把目光放在弱小者身上，放在受伤者和落伍者身上，这是一个作家的职责。当爷孙俩在桔园互为慰藉，那血浓于水的亲情曾让我写作时暗自垂泪。有些伤害不可避免，而有些迫在眉睫的拯救却还不被人们看重。写这篇小说，写作过程痛苦多于愉悦。

我们常谈家国情怀，一个不肯尽己之力为亲人谋幸福的人，你指望不上他为国人谋幸福。看到有些贪官家中藏有亿万现金，却不肯拿一分钱救助父母与兄弟姐妹，这尤其令人不齿。当然，这并非说贪官是为家庭、为家族谋取非法利益，罪依然不可赦。更多的家庭，积攒财富的同时冷落了亲人，我们应该留一点时间陪伴孩子，陪伴老人，有些疏忽是不可弥补的，写这篇小说的目的之一，是想引起人们的警惕。

我们写小说，希望能留下什么？当我们谈论许多伟大的小说家时只记得他代表作的篇名，只记得他小说中几个经典细节，而更多的作家作品则湮没于文学长河。我这样的文学票友，追赶不上文坛的"风向标"，只想追求小说中的细节，因此，我常常在生活中关注和记录某些让我心动的细节，某句话，某个动作，用在小说中能够补己之拙。但愿这篇小说中一两处地方，也能让读者的心为之一动，我则知足矣。

常对身边的朋友讲，这满世界的财富，取之不尽，不如留点给别人，留点给你的后人。

作为一个写作者，这满文坛的荣耀与光芒，令我向往，但是如果没有"金身"，也担心会烫伤肉身。能够认真写出自己满意的作品，是我的追求。

远山近水皆是情

写小说写到现在,真的有"山重水复疑无路"的感受,不说超过别人,至少你不能重复自己原地踏步吧。写这个中篇小说,想换一种写法,但是作家的写作总是受到自身格局的限制,与对经典的认识程度和悟性相关,与自己的生活积累相关,正如孙悟空跳不出如来佛的手心。我的职业是中学语文教师,写作时我时时告诫自己,不能用写作教科书的套路,因为给我打分的读者要求不断有新要求。我的数学成绩一直是我的噩梦,至今还会梦到上数学课挨训,醒来后庆幸只是一场梦而已。高考那年我只做对了一道数学题,那道题就是一道几何题。写这篇小说前,我重温了我的几何课本,并多次请教我身边的数学老师。讲实话,小说中关于钟表的那些数学计算题我至今还没弄懂,但是数学老师告诉我,有解,答案正确,使我放下了那颗自卑的心。我在一所著名外国语学校教书,入学的招生考试只考英语与数学,曾经使我们这些语文教师很伤自尊。数学,尤其是奥数,据说最能测试出一个人的智商，只要你在奥数竞赛中获得重要奖项，所有的中学和大学都会对你敞开大门。即使现在主管部门三令五申不准全员上奥数，不准凭奥数奖项破格录取学生，其实也没挡住全民奥数的热潮。上有政策，下有对策，聪明人之间心有灵犀。我曾经看到数学老师集体备课，我听不懂，我相信他们之间使用了一种数学语言。我当时想：天哪，全民奥数，这些高智商的人们在一起，如果只需要数学语言，只使用数学思维，我们这些语文教师不但失业，而且本身将会被这个世界鄙视和抛弃。带着对这种设想的恐惧，我从我的弱项入手，写下了这篇小说。

小说中的人物刘山海，有我身上的影子，因为害怕数学而敬畏数学和迷信数学。小说情节是荒诞的，但是我在许多乡村企业家身上发现过原型，他们往往有自己的偏执，有独特的迷信，在他们的王国里，那迷信就是真理，愚昧就是科学。

把真实情节写虚幻，把虚幻的情节写真实，这是小说高手才有的水平。年轻时读格里耶的小说《嫉妒》和《去年在马利昂巴》，觉得这个人厉害，写出了小说情节的不确定性。小说的荒诞除了产生在人鬼之间和人神之间，难写的当属人与人之间。如果说全民学习奥数是一种荒诞，这样的事情在现实生活中见怪不怪，那么延伸的荒诞虽假犹真，关键是我有没有讲好故事的能力。所以，小说写完了，我也惶惶，不知道这个尝试是成功还是失败，请各位读者明鉴。

感谢《芙蓉》杂志发表了拙作，感谢《中篇小说选刊》转载了拙作，这是对我的鼓励和支持，一个作家的尝试和探索之作最需要这样的接受和暖意。

我与我小说中的人物同呼吸

经济越发展，我们的消费就越多，社会提供的服务就越丰富。但是，小到购买一台电脑、参加一次旅游，大到购买一套房子以及进行一次装修，或者办一次出国移民，一不小心，都有可能落入商家的陷阱。我曾经在电脑店购买一台笔记本电脑，尽管朋友千叮嘱万叮嘱，我万般小心谨慎，还是被坑了一笔钱。我与推销的小伙子交谈，讲明我只是想交个朋友，绝不要求退一分钱。他最后相信了我，把几种套路一一讲给我听。小伙子说："你替我们想一想，这电脑大家拼着低价卖，几乎是进价出售，如果没有套路，不玩花样，我们和老板都只能喝西北风了。"同样，前几年工程招标实行最低价中标，许多项目的中标价低得可怕，这样的乙方中标后不偷工减料无法完成工程，豆腐渣工程在所难免。我们常常要求别人既要马儿跑得快，又要马儿不吃草，我们希望提供服务方大公无私，最好是无偿提供服务，最好都是活雷锋开店。等到上当吃亏后，我们才会用道德标准审视对方，感叹世风日下。但是，我们是不是也应该反思一下，要求对方不赚钱、赚不到该赚的钱，其实也是不公平、不公正的。某些商家是利欲熏心，某些商家其实是迫于无奈。改变现状，需要的是人与人之间的诚信与契约精神。

立契约是封建文明的一种，除了财产上的交易、分配，从前的乡村很少订立书面契约，我小的时候，村里人结婚很少有人去公社领结婚证，只要办了婚宴就得到亲朋好友和村里人的承认。我大学毕业后，一个月工资50元，登记结婚要交26元，我和老婆一商量就免了。很多年后为了出行方便，才补领了那"红本本"。那时候，人会遵从内心的承诺，遵守道德上无形的契约。而现在的乡村，几乎很少有年轻人结婚而不领证了。这是源于现代人彼此的不信任感，还是因为对契约文明和法律精神有了与时俱进的追求？

小说中描写的分家立契约以及家产传男不传女的陋习，显然违背了现代社会公平公正的原则。我们在为二凤和小难鸣不平时，为什么又被来弟的恪守承诺和无私奉献默默感动？为什么又对三哈口爱恨无动于衷？历史在进步，时代在变迁，大潮中的人物不是用简单的对错就能做出判断的。我愿意我笔下的人物，每个人都有自己的性格和期盼，有自己的爱恨情仇，有人性的光辉与时代精神的辉映。我想公正公平地对待我小说中的每个人，也请求读者设身处地去理解并喜欢他们。

至今为止，我大概在二十几家文学刊物发表过小说，但《人民文学》是我发表小说最多的杂志，这次，我感谢《人民文学》又发表了《立契》。

天下父母心

可能由于我是外国语学校老师的缘故，经常有人问我孩子应不应该出国读书的问题。以前，我都会根据孩子和家庭的情况给出建议，近几年，我就顾左右而言他，不敢给明确的说辞。并不是所有的学生都适合出国留学，并不是所有的家长送孩子留学都是从孩子学业出发，但是，留学已经成了城市中产以上家庭避不开的话题。平时喝茶或者聚餐时，有时突然会发现，在座人的孩子不是正在海外留学，就是已经在海外完成了学业。很多学生即使在国内读了本科，也坚持要出国读研，所谓的"开一下眼界"。

我有一老乡女儿读初中就被送出国。春节前，我在一处街道边的行道树下碰见他。他在寒风中呵着手，说："等女儿下课。"我说："怎么，女儿回来读书了？"老陶点点头又摇摇头。原来，人家美国上大学也要考托福和赛托，他用国际眼光扫了一遍全球，这洋人的考试居然是中国人考得最好，据说咱南京的孩子一不小心就考满分。圣诞节放假,他让女儿回国上应试培训班。我笑了:"你当年送女儿出去不就为了逃避应试教育吗?怎么又绕回来了?"看样子,咱中国人的应试教育也有吸引力。

我无意比较中外教育孰优孰劣,这是教育家的研究课题。中国教育文化中"吃得苦中苦,方为人上人"的理念以及"悬梁刺股"的学子典范,是应试文化的源头;西方文化的"以人为本"精神、"民主、自由、平等"的口号,也是当下西方教育的追求方向。国内的教育理论界西风东渐,但据说,现在英美教育界也有不少人主张学习中国的应试教育理念,反正是热闹。

作为小说家,我只关注事情的背后原因,我们的内心发生了什么变化,是什么让我们焦虑和惶恐,又是什么让我们瞻望和希冀?校园内官员腐败、"教阀"专横、校园暴力等现象,校外家教争夺学生、教辅产业化的万象,校长、教师、学生、家长在升学压力下的坚守与脱逃,依存与抗争,挣扎与迸发,其实都不仅仅是教育体制内部的矛盾。某种意义上说,教育焦虑症是社会变革在"末梢神经"的痛感,留学潮是中产阶级群体为驱除不安而寻找的精神抚慰。"沉淀"才走向有序,挣扎才产生希望,我们有理由对中小学校园充满期待,有理由对人性向善坚信不疑。

读完这篇小说,我想让读者记住人物的伤痛和泪水,放下小说却不因此而却步。我努力实践着,在我的小说中能有一盏灯,点亮在风雨飘摇的玻璃窗后面,玻璃上是我的文字。

作文是有话要说

曾经在某个年代,几乎全民都在各自标榜自己热爱文学,那时有不少人是"病得不轻",时代在进步,患者大多会痊愈,生机勃勃地去干该干的事了,总有少部分人依然"病得不轻","病菌"终身携带。我算一个这样的患者,患者病历:

二十世纪六十年代出生,八十年代九十年代得过"文学病",间歇性发作至二十一世纪,2010年后有严重发作病象。

每个人都有说话的欲望,有说话的权利,活着,我总得说点什么。

其实我是一个靠说话为生的人,我的职业是中学教师,我每天在课堂上播撒唾沫星子,收获学生的分数。我在课堂上讲话讲了快有30年了,我自己都厌恶自己的絮絮叨叨,到了晚上,却还会拿起笔,或者敲打键盘,写下一段一段的话,确实是有毛病。可是,我有我的理由,我在课堂上说的那些话不是我要说的话,那是教科书上的话,那是教育大纲规定了内容的话。这种说话有规矩,说错了家长会找我算账,校长会找我喝茶。说白了,在课堂上我说的是别人的话,是别人借我的嘴说话。我要说我想说的话。西方寓言中那个剃头匠,有一次见到了长了驴耳朵的皇帝,这事要是说出去要被杀头,不说他心里跟杀头一样难受,实在忍不住这个秘密,他跑到芦苇地里挖了个坑,一吐为快,没想到芦苇们听到了,随风呼喊:"皇帝长了驴耳朵。"全世界都听到了。小说就是我挖的坑,我是一个生命体,我要呼吸,要奔跑,我不但有自己的舌头,我还有自己的脑袋。在独自一人的夜晚,在我不需要面对滚滚人潮时,我愿意思考,愿意构筑另外一个生龙活虎、玄机四伏、自由生长的世界,我是那个世界的上帝,也是那个世界的草芥。

写作不需要更多的理由,我工作是为了生存,我赚钱是为了使生活更美好,可是有些美好不是靠钱能实现的。我的父母是乡村教师,我是一个乡下人,我不断奋斗,从农村教师变成了城里重点中学的教师,从"乡下的老鼠"变成了"城里的老鼠",可我终究还是一只"老鼠",只能在阴暗的角落里过日子。我带着家人寄居在别人的屋檐下,每个月的工资交房租就占了一半。这不是体面的日子,我可以过这种日子,但我不能容忍我的妻子女儿过这种日子。我渴望变成这城市的"大象",昂首阔步,有自己的大房子,有文明体面的生活。穷则思变,那些岁月有种美好:只要你勇敢、勤奋你就能有所收获。我想要的并不多,我努力付出，我想得到的这城市就都给我了，可是我常常失落痛苦。当年我的父母为了他们神圣的理想，离开城市，将我的人生起点定位于乡下人，他们不负责任也不知忏悔，一生过着局促的日子，但至少他们自我感动了。我需要那种强大，内心的强大，哪怕是自欺欺人的强大，可这东西在我生活的城市无从寻觅。累了倦了，觉悟到只有文学，只有阅读和写作能使我吐故纳新，使我"茁壮成长"。我有许多话要说，有许多苦水要倒，有许多屈辱要洗刷，有许多罪孽要忏悔，有许多快乐要分享，有许多梦幻要飞翔，许多许多。在我蜷缩在乡村中学的斗室时，在我踏上开往城市的公交车时，在我用智慧和辛劳赚到第一笔钱时，在我漫步欧美城市和乡村街巷时，其实我写过诗，我构思过小说，但是不等我写下来，语言就像风疾驰而过。

文学场其实也是个江湖，尽管文学在这个年代已经没有功利价值，但是一代又一代文学追求者依然在不倦地沉浮。江湖有江湖的规矩，有江湖的地盘划分。比如说，按照出生年月，已分成70后、80后、90后甚至00后，我的坐标位置是60后，显然我已经不合时宜了，60后作家在这个江湖所剩无几，露面的都是坐在龙头老大位置上的诸侯，而我按江湖辈分还只能算文学新人。江湖还有江湖的潮流，什么能写、什么不能写、用什么手法表现时尚、用什么手法表现过时，这些都有讲究。我像一头乡村的老牛闯进了文学的江湖，我没有恪守那么多的规则，我粗野地"哞哞"叫着，用我粗糙斑驳的牛角挑下文字殿堂的帷幕，笨拙的尾巴一不小心就扫落了工艺架上精致的器皿。别指望我羞惭而退，我想说话，我想叫出我自己的声音，我才会来这个江湖，这比什么都重要。

我还有一个毛病,看电影、看电视,会忍不住热泪纵横。尽管每个情节都在我意料之中,尽管那些煽情手法近乎拙劣,可我的泪水还是不争气地涌出。这让我很自卑,我自以为是一个为别人设置情节的人,但我老婆说:"就冲这一点,你这人想坏也坏不到哪里去。"坏事变成了好事,她这话的意思是不是我可以适当地犯一些错误,不犯错误才是错误?我是这样理解的,反正我从此在电视机前不必吝啬我的眼泪。为人可以逾规,作文当敢突破,只要坚持基本原则不动摇,悲悯之心常在。以我对人生的观察,一个中小学教师家庭走出的孩子内心总是存有善良。读了多年小说,发现青史留名的大作家其内心总是有大爱。某著名诗人说:"为什么我的眼里常含泪水,因为我对这片土地爱得深沉。"年逾半百后我觉得这诗并不矫情。我不知道我能否拥有大爱,那就先从对这个世界的小爱起步吧。

乔治·奥威尔在1940年就说过:"作家正坐在融化中的冰山上。他的存在是时代的错位,是布尔乔亚时代的残余。他终将与河马一样,遭受消失的命运。"七十多年过去了,河马没有消失,作家也没有消失,作家这样的"病菌",人类注定永远携带,直至人类灭亡,因为人类的每个个体都隐藏着疯一把的渴望。每次写完从电脑前走开,我依然是一名彬彬有礼的中学语文教师,是朋友们心目中敦厚沉默的兄弟。有谁知道,我内心有写小说的欲望像春草疯长?

《北京文学·中篇小说月报》上的创作谈

我的职业是高中语文教师,从大四发表第一篇小说到现在,我硬是从一个文学青年写成了一个文学中年,这中间写小说停顿的时间断断续续加起来大概有一半。我首先要做好一个语文教师,做了十多年乡村教师之后我调进南京一所中学。进城的原因之一,是我生长的村庄上的同龄人几乎都在南京做了开发商和建筑商,他们不停地召唤我进城,类似发出那条"速来,此地钱多人傻"的著名短信,其实钱多与我做教师并无关系,人傻也并非实情,至少别人不比我傻。我进城后见证了他们的富豪生活,但也了解了他们的酸甜苦辣。写出他们内心的忧伤和浪漫,触摸他们精神上的创伤,是我的职责。那一年,如果没有考上江苏师范学院(后改名苏州大学),我就是他们中的一员。因为做教师的清贫,我曾经怨恨过命运对我的误导。我至今也是村里同龄人中的贫困者之一,他们住别墅,我住公寓;他们开大奔驰,我开小锐志。但是,我仍然是他们最信赖和亲密的朋友,我们是一起光屁股长大的，每个人的内心其实都有着精神和情感的需要，不论你是不是大款，是不是认不得几个字的大款。

打算写这个中篇小说时，我是想以孙霞为主要人物正面展开的，我厌恶而又喜欢这个人物形象，但是动笔后，我改变了想法，让她站到了3个男人的后面。东牛、红卫、秋生正面出场，孙霞在他们面前的不同表现，角度多样从而丰富了孙霞的性格，3个男人不同的性格特点，既各有千秋，又缀点成面完成了孙霞形象的立体性。

类似的人物形象在当前的小说中并不鲜见，在常规处写出不常规是我的努力方向。我熟悉这类人群，努力挖掘不同的细节，延展想象，找到了一些人物性格的支撑点，但也存在把握度的问题。原刊发表时，编辑删去了几百字，对照分析，我有的细节因为求新而突兀露骨，感谢编辑先生，这让我有了警醒和觉悟。

感谢《人民文学》发表了这篇中篇小说，也感谢《北京文学》转载了这篇中篇小说，创作谈于作者而言是反思的机会，不断反思才能进步。我会努力，直到把自己写成一个文学老年。

我是他们身外的另一根筋

我生长的那块土地是一个建筑之乡,我的同伴或者小学毕业或者初中毕业就被父母送到某位师傅家去拜师学泥瓦匠手艺了。我读高中,读大学,毕业后我到家乡中学教书,他们从县城到省城,一直劳务输出到科威特。我结婚的时候,彩电和冰箱都要计划,他们说:"这指标我们有,给你一个,去外汇商店买吧。"当时他们不要标志现代化的电器,他们要钱,他们掘到了第一桶金,忙着拉队伍,自立山头。等我到了南京教书,他们让我吓了一跳,他们几乎每个人都有了自己的开发公司和建筑公司。不断有人说:"你那书别教了,到我公司来做个副总吧。"我说:"不行,要做就做董事长。"他们没一个人愿意,但是他们不放过我,要买地,要接大工程,都拉着我出席,我是我们村里的文化人,在南京最好的中学教书,还能写小说,最主要的是还能帮他们审查合同或者搞项目策划什么的。公司之间有利益冲突,兄弟之间有矛盾,我还得做调解员,扮演街道大妈的角色。在南京我有几个朋友圈，比如说写小说的，比如说收藏字画的，当然还有教书的。但讲实话，还是跟这帮老兄弟在一起自由，想骂娘就骂娘，想摔酒瓶子就摔酒瓶子。我们有一样的乡音，有一样的口味，为了吃家乡菜，有时会驱车几百里专门去老家过一次馋嘴瘾。我们的孩子基本上是在国外读书，我曾经要求他们能融入老外的社会和文化圈，但仔细一想，我们村上的人融入省城的生活都如此之难，那要求是强孩子们所难。

我爱我的兄弟们。我写小说，自然会写到他们。在《不二》之前，我写过一个同题材的中篇小说发表在《钟山》上，那次一不小心用了几个兄弟的姓氏，这下子热闹了。一个个对号入座，先是以成了小说人物为荣，接着是把虚构、非虚构的情节都当成武器互相攻击。有兄弟就不开心了，说："你怎么把我糟蹋成那个样子！"我有口难辩，我无法跟他们讲清楚文学真实和生活真实的关系，只有举杯赔罪。他派办公室人员把书摊上的那期杂志通通买下收藏了，足足有3个月，这位兄弟一直生我的气，后来想通了，说："再怎么也是一个村里出来的，你苦巴巴写了这么多年也没写出个响声，你只要写得高兴，我'牺牲'就'牺牲'吧。"我感动万分，写《不二》时，我觉得我要写不好就对不起我的兄弟们，可要想写好，就必须触摸人物的内心。在这种矛盾中，我只有尊重我小说中的人物，让他们自我发展。

《不二》发表后，有几个兄弟也读了，他们说："每个人物都像，每个人物的身上都能找到自己的影子。每个人物又都不像，每个人物的身上又都有我们说不清的东西。"我想，是不是我们每个人的身上都有自己陌生的东西。我的兄弟们都有村庄生活的烙印，但是进城二十多年了，他们都成了新时期的"资本家"，资本给每个人都刻上了新的"密码"，我如果真的摸索到了这个密码，就能让兄弟们再一次认识自我。

我所供职的学校是外国语学校，学生大部分是走出国和保送的路，高考压力相对小一些。如果我供职在别的中学，我肯定没有时间写小说，也许会真的顺从了他们的建议。但我常常想，如果我真的成为他们中的一员，也许就顾不上观察和体会这类人群独特的伤痛。我站在这类人之外，能更清楚地认识我的兄弟们，认识我自己。人到中年已没有了雄心壮志，只剩了写小说这一唯一的喜好，就认真写吧。

感谢《人民文学》，让《不二》登上了文学的殿堂。感谢《中篇小说选刊》，这是我第一次上这个选刊，我期待了很久很久。

(《不二》选载于《中篇小说选刊》2010 年第 4 期)

《小说选刊》上的创作谈

写完《不二》，我很苍凉，也很悲痛。我的生活是这样的吗？和我一起长大的那些人是这样的吗？我不得不告诉自己：是这样的。这是一个苍凉而悲痛的事实。

如果你来到我身边，让我讲《不二》里的人物故事给你听，我想，这个故事会是另外一种面貌。面对写出的小说，我怎么也想不到《不二》居然是今天的这副样子。在情感上，我并不倾向于我的小说，可是在理性上，我的小说只能是这样。

都在说转型，乡村向城市转型，农业文明向城市文明转型，计划经济向资本经济转型，可我们时常忽略了一个最重要的转型，那就是我们内心的世界。在动笔写《不二》的时候，我内心的世界依然是亲情——那些打着农业文明烙印的亲情，我并没有刻意去审视资本，也没有刻意去审视资本经济，然而，随着《不二》写作的深入，我吃惊地发现，我内心的世界早就不是那个样子了。我不愿意承认这一点，可是我的小说告诉我：你心中原有的世界已经远去了——如果你还坚持想做文学的朋友,你必须按照我的方式来描述真实的世界。我听了小说的话,我信马由缰,而我的痛苦也随之深入。我一直以为我的生活是原来的样子,谢谢《不二》,它告诉我一切都变了,你内心的世界变了,你那些亲人们内心的世界也变了。把它说出来吧,说出来也许是困难和难受的,但是,它是必须的。

我写了二十多年了,从文学青年写到文学中年,我也许连一个文学新人都算不上,可我不在意这个,我在意的是我可以面对我内心的痛苦:不撒谎也可以活得很好。从这个意义上说,《不二》的写作虽然痛苦,但我看见了脚下的一条路,这于我是一条大路,通天大路。

在通天的大路上我能走多远?我不知道。我的骄傲只有一点,我愿意站在《不二》这块算不上完美的"石头"上,为我的写作生涯做一个不二的抉择。

去年的暑假,我接到了《小说选刊》的一个电话,我的一个短篇小说将被转载,我存下了电话号码,那个短篇小说后来进入了《花城》版和"漓江版年选",今天它又一次在我耳边响起,我听到了远方亲人的问候。感谢《人民文学》,感谢《小说选刊》,我没有理由愧对那些期待的目光。

透过骨头抚摸你的痛

在《不二》中我写了一帮做建筑和房产开发的兄弟,发表后被《小说选刊》等刊物转载,受到了一些评论家老师的鼓励。我心中除了欣喜之外,其实还有一种痛。从某种意义上说,作家天生有着卑鄙的一面,你真正喜欢上一个女人,动情了,动心了,她的形象就会有一天从你的笔端冒出来,防不胜防。你实实在在拥有了一个掏心掏肺的兄弟,爱他的爱,恨他的恨,那么,你总有一天会把他"出卖"在文字里。《入流》中的栓钱、根水、宏伟、三宝的人物原型在生活中都曾是我的好兄弟,比如说栓钱的原型,在二十世纪九十年代,我曾经倾其所有借给他十几万元用于造船,我曾经在他的船上生活让我过半个月,那半个月的生活让我经历了种种甘苦,让我刻骨铭心,所以有了这篇《入流》。现在,只要还健在的那批船老大大多都成了富人,但是他们不同于岸上的富豪,他们谨慎、警惕,不凑热闹,不惧生死,他们的脚下是水的激流,每个人都有每个人的伤痛。我将他们的秘密昭示于文字，常常对他们心有愧疚。

可是，我无法不写他们，我爱这些人物，即使像三宝这个人物形象，我内心深处对他的恶行也是既恨又怜，在暗夜中我曾轻声对笔下的三宝诉说："兄弟，别怪我，不是我让你变得如此不堪，不是。"

我总觉得，写小说是跟自己为敌的过程，你要超越自己，也是跟亲人们做对手的过程，你出卖了他们真实的灵魂。我的下一篇小说也只能如此。

（《小说选刊》2011年第4期《入流》创作谈）

我爱这一江春水

我的家乡是江苏闻名的水运县,有一个村被誉为"金陵首富村",我的很多同学和朋友都投身于长江运输业,10年前,他们拥有千吨货船,现在有几位已拥有万吨轮船了。我想起读小学时的课本上,曾经有一篇课文是歌颂我国造出了万吨轮,时过境迁,居然现在这已经算不上什么了。我这些农民出身的兄弟,造出了万吨轮船,还成了万吨轮船的船主。

然而,我知道财富背后的代价,逃债,死亡,很多家庭都有不堪回首的往事,甚至,有个别家庭随船沉入长江,没逃出一个人。

几年前,我随朋友的船在长江里航行了半个多月,我经历了种种在岸上想不到的磨难,上岸时我心中装满了痛,我决定要写一写我船上的兄弟们。

栓钱的原型是我的一位朋友,二十世纪九十年代,我曾经借给他十多万元支持他造船,现在他拥有了一艘万吨轮船,他年纪大了，船交给了儿子，他在岸上经营一个沙场，收入颇丰。偶尔，我们能在一起喝顿酒，我发现，他不再是那个老实巴交的农民，也不再是那个说话做事爽直的血性汉子，每说一句话，都要想半天，眼珠转来转去。他在提防什么呢？我已经是一个与他的生活不相干的异乡客。只有酒喝多了，他才会放声大哭，用手拍打着我的肩膀，说："老余，老余呵。"

同样是腰缠万贯，同样是离开故土闯荡成了富翁，船老板们与搞开发搞建筑的老板们有许多不同，不张扬，不凑热闹，不惧生死，难道是因为他们的脚下不是大地，是硬邦邦的钢板，是流动的江河？

我只是一个文学票友，只有打动我的东西我才为之下笔。与许多专业作家相比，我是一个生手。我知道，《入流》有很多不足，我是一口气把它写出来的。去年暑假，除了去欧洲出差20天，我每天从早上10点写到晚上10点，天热，我抽烟，不开空调，我在电脑前只穿一条大裤衩，每天，汗水都将裤衩浸透。

《入流》作为一篇中篇小说，篇幅明显是长了，蒙《人民文学》不弃，发表后我惊喜之余不敢奢望被转载，没想到贵刊又给了它露面的机会，又是一份惊喜。

我惊喜之余是感激。

（《中篇小说选刊》2011年第2期新锐专刊中《入流》创作谈）

他们需要爱
——《求诸野》创作谈

从城市回到乡下,如果不是过年,我常常因为村庄的空空荡荡而惶恐。人都去哪里了?年轻人进城读书和打工了,老人呢?很多做爷爷奶奶的留守在村里,替儿子媳妇带孙辈,也有令他们羡慕甚至嫉妒的老人进城带孙子孙女了,用他们的话说,是进城享福去了。进城的一般都是奶奶,爷爷留守,守着空屋和几分土地,守着孤苦。有儿子孝顺的,把老爸接进城去,不几天,老爸就吵闹着要回乡下,因为城里房子小,人空得慌,还是回乡下踏实。

这是看得见的痛苦,还有一种无法说出来的痛苦。比如我的老岳父,当年儿女都考上了重点大学,都成了城里人,这曾经是农村父母最大的荣耀,他在村里很有面子。但是若干年后他再也骄傲不起来了。拿工资的儿女好不容易才有了蜗居之地,进城打工的同龄人不少人都在城里住上豪宅做了老板,甚至在村里,邻居们都盖了高楼,而他的房子还是老样子如同掉在锅底。他一直想不通,当年要求子女"唯有读书高"的选择是不是错误?

当然,农村老人们想不通的还有更多,金钱霸道、世态炎凉、亲情淡薄,没有人会停下脚步听一听老人们对这个世界的感受,没有人能体会到老人孤独的彻寒。关注留守儿童,因为他们是祖国的明天,但是没有人去想一想,老人们的今天,其实就是我们的明天。

我写这篇小说,是因为我在小区的花坛边,看见了一位发愣的大妈。她进城是来带孙子的,老伴留在乡下,这个乐呵呵、大嗓门的大妈,那一刻的沉默一定是想念老伴了。

礼失求诸野,求诸野而不得,奈何?

我选择了一个侧面视角,写舅舅的外甥女,保持了叙述的距离。如果正面面对,我担心"澎湃汹涌的感触"会妨碍冷静慎思;切入过浅,我又担心读者不能触摸到人物的内心伤痛。

感谢《清明》和《小说选刊》杂志的编辑朋友们,让小说中的人物走近读者,给小说赋予了新的生命力。

《慌张》创作谈

年过半百,有时候回忆自己的大半辈子,居然是慌慌张张走过来的。想想也没错,我们这代人,正遇上社会的转折跃进时期,30多年的光景,一下子超越了祖先千百年的征程。就像在时代的洪流中,每一滴水珠都被裹挟其中,一旦不能自主,不小心就被甩上岩石,粉身碎骨了。

每个人有每个人的慌张,大人物端坐于台上,能将内心的慌张压制住,小人物往往溢于言表,暴露在行动中。我笔下的这几位小人物,他们勤奋智慧,有自己的小目标,但他们受不住潮流的吸引,有婚外恋,却又遵守着亘古的人伦。他们感觉到了财富的压力,在疲劳中慌张起来,从慌张到慌乱,乱中出大错。这几年有机会驻留在海外,我觉得,我们沿海一带的百姓富裕程度与西方差距并不太大,差的是安稳和阳光的心态。

有读过我小说的朋友问我,为什么没有专门写成一个留守学生的故事。我确实是想过,这是我熟悉的题材,动笔之前,我曾去乡村搜集相关材料。在江浙一带，留守孩子的生活和读书已经不是问题，政府部门和社会机构的关心都具体落实。但是，农村孩子的成长，尤其是他们的情感状态和价值观，却令我触目惊心。大人们都忙着"奔目标"了，没有时间关心这些孩子们的心灵，家庭的职责、社会影响力的渗透，其实是校园老师们无能为力的。因为慌张不是一个人的事，甚至不是一代人的事，为此，我的小说没有专注于题材概念，而是想触发社会的痛点，期望社会中每一个人的内心都安宁从容，拥有身处和谐社会的幸福感。

　　细心的读者会发现，如果小说中的人物彼此沟通，心态平和，小说中的悲剧是可以避免的。但是，正因为人物缺少健康的价值观，慌张，导致了悲剧又是必然会发生的。

　　我最近尝试写了一些人物的心态，官员和富豪中一些人的焦虑、知识精英中某些人物的彷徨、底层百姓中一些人的慌张，我们有痛苦，需要正视，补上一路走来漏掉的课，这没有什么不好，让每个人"阳光灿烂"，让日子"春风十里"，是我这种写作者的心愿。

创作谈:被侮辱和被忽略的人们

《潮起潮落》是我早就想写的一篇中篇小说,某种意义上说它是《不二》的姊妹篇。这几年我笔下塑造了一批农村走向城市的"成功人士",我选择写这些人物,是因为我觉得城市化进程中人们的心理过程是复杂而坎坷的,富人乍富也有富人的焦虑,这个群体最能体现转型期社会的时代特征。其实。还有一类群体比他们更艰难和痛苦,她们外表光鲜,甚至物质生活极尽奢华,但心中时刻充满疑虑,除了担心到手的财富来得快也去得快,还提防自己的男人变成别人的男人。她们就是这些"成功人士"的原配夫人们。

她们文化程度不高,当初是嫁鸡随鸡、嫁犬随犬,丈夫是她们的主心骨。丈夫每扒进一桶金,丈夫的形象就高出了一截。等到有一天,她们已经影响不了丈夫时,残酷的现实就摆在她们面前。有的人一蹶不振,忍气吞声;有的人重振精神,奋发图强。金钱是她们的砝码,儿子是她们心灵和情感的支撑。相比较她们，进城的"农二代"范家惠不同于范青梅和杨美丽，尽管生在农家，但从小跟父母见识城市，眼界大了。由于是独生子女，物质生活并不十分匮乏，加上接受了高等教育，对精神的追求超过了对物质的追求，对情感的追问超过了对金钱的追问。我愿意相信，范家惠这样的女子既继承了乡村妇女的贤惠温柔，又接纳了城市女性文明的品质和精神，她们终将成为中国精神新女性形象的代表。

  为了写这篇小说，我有意无意接触了很多来自老家的老板娘，她们孤独，焦虑，常常以老乡为圈子聚会，每听到一个熟人被丈夫遗弃就群情激愤，最后的话题无非是怎样尽可能多弄一点财产在手中，有备无患。这是被侮辱和被忽略的一群人，她们中有我的亲戚和中小学同学，我希望这是最后一批被遗忘在城市孤岛的乡村女人，我期待她们中有人能勇敢地再一次挑战命运并获得成功。前不久，南京大学文学院的何同彬先生做了一个关于我的访谈，我们谈到，在江苏写女人难，苏童、毕飞宇都是写女人的高手，似乎作为江苏的男作家过的第一关就是写好女人。但是，我写《潮起潮落》，只是因为我爱并心疼我笔下的这些女人。

小说人物塑造与小说语言的拿捏

编辑晓澜兄嘱我写一个评论，我以为是听错了，后来说是约我评论小青老师的短篇小说新作，我赶紧说："这就找对人了，我写。"小青老师的短篇小说，常给读者带来惊喜，给同行带来惊讶，这几年，我一直是她短篇小说的忠实读者。虽然不能像评论家那样写出长篇大论，但作为同行和学生，我想谈一点自己的阅读感受。

"我能想到最浪漫的事，就是和我爱的人一起躺在坟墓里。因为那样我们就永远不会分开了。你们已经听出来了。我有病。"

这是小说《最浪漫的事》的开头，说实话，我觉得这话放在我们年轻时期，真听不出人物有什么病。不求同年同月同日生，但求同年同月同日死，是浪漫的誓约。梁山伯与祝英台，合葬一穴化彩蝶，是爱情经典。问题是时代变了，人们的价值观念变了。一个人疯没疯，不是说他的理念对错，而是比照大多数人的世界观，大多数人都那样说，你却这样说，他们就认为你"有病"。从你的价值观出发，本着个性的眼光看世界，不被大众认同,你要么是哲人、艺术家之类,要么就只能是"有病"。用一个疯子、痴人、狂人的口吻叙述故事,这样的小说我们读得太多了,作者的写作方便之处不言而喻。但是,疯狂各有不同。《最浪漫的事》中的"我",这个人物的特点是学舌,"别人怎么说,我就怎么说。"这是安全稳妥的生活守则,是重新做人后的生存经验。这样的人物在生活中比比皆是,官场中这种人唯上是命、官运亨通,学术界这种人不冒进不偏激,有好处时见者有份。这个"我"本来是不属此类,有过"胡思乱想",一不小心"忘了吃药"还会露出狐狸尾巴,说出自己的所思所想,小说情节因此才有了波澜和曲折。

即使是这样一位病人,貌似痴狂,其实内心也遵守清规戒律,脑袋撞痛后也懂得在屋檐下必须低头,所以,他学舌自保,认同吃药的必要性,并且得意自己比"女名字"更像正常人,并以不吃药人的思维嘲笑"女名字","她只是存在于我的幻想中,她还当真了。再说了,进了这个地方,她走得了吗",结尾这几句不是五十步笑百步的问题,而是他被改造后立场与角色改变了。悲哀的是,不吃药的人心中根本没有清规戒律,没有道德底线,这是"吃药的人"永远追赶不上的无畏。正如我小说中的几句话:

  农民真想得开。
  农民真会想办法。
  他们不仅敢骗政府,还敢骗阎王爷。

在"我"心中,政府伟大光荣神圣,阎王爷执掌生杀大权,从没想过冒犯亵渎,没病的村民们当然也知道这些,但被利益所驱使,他们胆大包天,冒天下之大不韪。关键问题是,他们团结一心,无须"使个眼色"就心有灵犀,村主任坦然承认:"政府哪有这么好骗,政府不是上当受骗,他们是睁一只眼闭一只眼啦,假装受骗啦。"这是一盘合谋的棋局,下棋的没有输家,输家是傻了眼的看客。试想一想,现实世界中许多官商勾结的实例,许多见不得阳光的贪污腐败大手笔,往往是常人想都想不到的情节,远远超越了读者的想象力。

从小说的构架来说,"我"不仅是个故事叙述者,同时也是参与者,更是"不吃药"的那些人鲜明的反衬人物。谁是真正的病人,是村主任和村民们,是苟且贪便宜的家人,是没有出场的"睁只眼闭只眼"的政府官员。他们病因是什么?金钱,为金钱而疯狂。范小青说过:"对于现实,无论我们有多不满,我们都无法毁灭它,甚至都无法击碎它,当然也绝不是与它握手言和、共赴温柔之乡。《最浪漫的事》一点也不浪漫,小说以一种反讽的姿态表达了作者的不苟同立场。"

小青老师的小说语言一直受到业内好评,评论家汪政曾多次在我面前称赞她的小说语言——"明月清风,行云流水"。她自己曾经说过:"不管是网络文学还是传统文学,最重要的一定是语言,文学是语言文字的艺术。每个人的文笔都是慢慢打磨出来的。"我写作这么多年来,一直关注和学习她的小说语言。苏州出小说家,而且小说家都讲究语言的个性美,陆文夫是苏州作家的代表人物,他的小说语言有一些苏州味,但他毕竟不是土生土长的苏州人。我曾经寄希望于范小青,在二十世纪八十九十年代,她的作品明显加入了苏州方言元素,她是苏州人,苏州方言属于吴语,相比较上海、常州、无锡的吴语,苏州话尤其软糯柔美,明媚清爽,适合叙事和抒情,但渐渐地,她的小说语言却淘洗掉了苏州腔调,走向了明净和脱俗。我有些不解,后来我写小说做过尝试,我的老家也是属于吴语区。古吴语,由于交通闭塞语言演变迟缓,保留了许多特殊的词汇,我有意识地在小说中使用家乡话,结果老家读者都说好,编辑说看不懂,行不通。我放弃了这种尝试,也理解了范小青语言上的打磨方向,她是摒弃了外在,汲取了内髓。在《最浪漫的事》一文中,作者的语言一如既往的干净利落,可以说无字可增,也无字可减。

前几年,金宇澄老师的吴语小说《繁花》受到追捧,令我很惊讶,这应该是另一种思路,当另外讨论。

前面说过,我是小青老师的学生,此话并非诳语。30多年前,我考取江苏师范学院中文系,我读大一,她读大四,那是一个文学的黄金时代,她因为当时在《上海文学》发表了小说处女作,在校园内声名鹊起,成为众多男生的偶像。当时的小青同学长发飘飘,青春靓丽,好像还属于校园内最早穿牛仔裤的那一拨潮女,令诸多师兄魂不守舍,直到她与体育系大帅哥公开了恋情,师兄们才望峰息心。小青同学留校中文系,我读大四,她自然就成了我的老师。毕业分配我回了老家,没有放弃写作,一直学习她的小说写作方法,更应该称她为老师。

2017年4月29日作于南京

10年写作有感

按照刊物要求,我必须写一篇创作谈。这于我实在是一件困难的事。谈理论比写小说难多了,我有二三十篇创作谈,大多是应选刊或评论刊物的要求而作,说实话,写时没有一点头绪,现在回头看也看不出什么道理。我发表的第一篇小说,是《雨花》1984年第7期上的《茅儿墩的后生和妹子们》,那时我还是一名即将毕业的大四学生,都说二十世纪八十年代是文学的黄金时代,能发表一篇小说确实是一件幸事。毕业后我被分配至老家的母校任教,就像家门前的一只蜻蜓,飞了一圈后又栖到了原来的篱笆上。同一批去的大学生都觉得失落,他们发愤图强,考研或者努力成为名师,三五年后都遂愿了。我埋头读书写作,那几年写了一篇长篇小说和一个电影剧本,尽管都没能发表,但我没有慌张,有那篇发表的小说打底,我内心莫名的强大。现在重读这篇小说,简直不忍卒读,但当时写小说这件事,就是能让年轻人内心膨胀和骄傲。我零零碎碎发表了几篇短篇小说后,文坛之风彻底转向,西方现代派文学之风大行其道,我一个乡村教师跟不上时代的步伐,渐渐对写作死心了。我调整了自己的方向,致力于教学,一个喜欢阅读与写作的语文教师,在同行中还是有一点竞争力的。我调入了县二中,结婚,生孩子,当时二中的校长赵重木先生是南京大学二十世纪六十年代初期的毕业生,他欣赏读书的教师,提拔我做了教务处副主任,主抓高考,我觉得不能辜负赵校长的信任,全身心扑在工作上。赵校长退休后,我调入了现在的单位,这是一所外国语学校,学生的出路主要是出国和保送,没有什么高考压力。记得抽课文试讲时,我抽到的是海明威的《老人与海》,讲小说是我的长项,很顺利地通过了评审。到了2010年,我女儿到国外读大学了,日子轻松起来,我觉得,我该干点自己喜欢的事,那就是写作。这些年来,我一直抵挡不了文学对我的诱惑,订阅文学期刊,关注文坛动态,有时忍不住也写一两篇短篇小说,只不过心态正常了,发表了没大惊喜,退稿了没大沮丧。这之前,我背对文坛,但始终保持高度关注,不想错过文坛的"风声",深藏一颗朝圣的心。江苏省作协有一帮作家是我所在学校的学生家长,赵翼如、苏童、毕飞宇等,校方偶尔会请他们来学校做讲座,指导文学社活动。赵翼如和苏童是我加入中国作协的推荐人,在我进省城之前就认识。我先写了一个中篇,让赵翼如推荐给毕飞宇,请他指导,可是人家看完后摇头,看不上。我没有气馁,又写了一篇中篇小说,直接找到他,他躲不过,读完后说这个还行。我鼓励自己:这算是进步了。我将这篇中篇小说投给了《人民文学》,居然在头条发表了,接着入选了共14家选刊和年选,获得了3项文学奖,这就是中篇小说《不二》。这对一个文学中年是莫大的鼓励。我一口气又写了中篇小说《人流》和《放下》,先后发表在《人民文学》和《中国作家》上,这3个中篇小说题目都源自于佛经,我选择做题目的原因是认为这3个词已经被日常使用,成为日常生活中的口语,作为小说题目具备多重指向。这3个中篇后来在江苏文艺社结集出版,即《淘金三部曲》。贺绍俊先生曾在《小说评论》上撰文,对这3个小说题目做了探源和诠释,让我既钦佩又感慨:评论家的眼光何等的厉害。这之后,有一位评论家老兄问我:"老余,以后你还能写什么?"我心里一惊,这确实是个问题。我是一位从教30多年的老教师,当然应该写写教育。于是有了《愤怒的小鸟》《种桃种李种春风》《漂洋过海来看你》3篇教育题材的中篇小说,前两篇刊登于《人民文学》,后一篇刊于《北京文学》,这3篇中篇小说被评论家称为"教育三部曲",张元珂先生曾在《扬子江文学评论》上发表过专论。我由此算是走进了文坛,在文学边缘化的当下,文学只能给作者带来虚荣和充实,但这于我已经足够了。10年左右时间,我已经有将近200万字的作品发表了,无疑,我将继续写下去。

一些评论家将我定义为现实主义小说风格的作家,我的小说题材多取材于现实生活,小说笔法多是传统技巧。其实,我曾经苦读过西方现代派经典,进城后我艰难地恶补过一阵子,也尝试过模仿那些写法写小说。毕飞宇有一次看到我书架上堆满了那类小说,说:"这些流派的书要读,但读某一个流派的作家,只需要读他的代表作就够了。"我理解的意思是,我已经一把年纪了,得寻找适合自己个性的写作方法。他的说法成立,当时的文坛主流已回归现实主义。现在回想,那种阅读和写作也不算走了弯路,那些经典打开了我的眼界和思路,我写的中短篇小说《奥林匹克数学村前传》《把你扁成一张画》《鸟人》等,也算是我作品中的另类。选择传统现实主义手法的作家,容易受制于想象力,受制于生活积累。我是省内几项中学生作文大赛的评委,尽管高中生的作文为了高考已经提倡套路化,但总有"漏网之鱼"遨游在想象的海洋,每每读到这样的作文,我常常自惭。想象力从哪里来?古希腊神话来自远古,据说是科学的缺席成就了神话。《北京三叠》打开了多重元宇宙,年轻的女作家郝景芳的作品让我们耳目一新。根据相关资料,中国学生从小学到大学,想象力呈递减趋势,如此推测,我年近六旬,想象力趋近于零。但是,总有榜样给我们力量,昨晚刚看完北京冬奥会的开幕式,总导演张艺谋独特的理念和想象力,给所有艺术创作者打了一剂强心针,大道从简,删繁就简,返璞归真,是另一种浪漫。从明朝家具的"简"到清朝家具的"繁",从法国的新小说派到美国的简约派,每一次转换既是轮回,又是创新,关键是谁能抓住流变的点。现实主义的变形呈现,在毕加索那里成为经典,在马尔克斯、博尔赫斯那里成为经典,在我们当下的文学创作中没有理由被遗弃。我们迈开大步,让我们的思维革新,让我们的方式方法走远一点,或许就走进了真正的浪漫主义。

其实,写法没有高下,最适合你的,最适合题材的呈现方式就是最好的,当然,每篇小说都有它自身的特点,抓住天时地利,抓住关键的契机,就是好的小说。记得1988年新春读《收获》杂志,读到苏童的《妻妾成群》时,当时我就傻了。在大伙都追随现代派潮流时，苏童用一个传统题材、传统构架的小说逆流而上，独树一帜。每一位写作者内心都有一个作家座次表，优秀的作品值得敬畏，《妻妾成群》就是那个时期的优秀小说。

第二个我想探讨的是关于主题先行的问题。主题先行这种方法有一个阶段受到评论家猛烈的批评，似乎主题先行就破坏了小说的艺术性。我扪心自问，发现我的小说很多就是主题先行，为此我深感羞愧。这几年，读到几篇相关文章，好像主题先行也能上台面了，更是得到一些评论家的认可。依据自己的写作体会，主题先行未必是命题作文，它只是一个方向，并没有规定"跑道"。而在写作过程中，变化是一种常态。我的一些作家朋友，当然也包括我自己，很多时候完成一稿后才会考虑题目，题目不等于主题，但至少引导着主题方向。写中长篇小说之前，我需要立提纲，设置人物性格，在记事本中搜集积累的相关细节，但写短篇小说，往往在翻着记事本时反复思考某个细节，思考，挖掘，逐渐完成人物的雏形。主题或许有时代性、有方向性，但小说塑造的是人物，人性永恒，不被题旨遮蔽，阅读成功的小说，我们会发现共同点，人性的善恶塑造只会契合主题、深化主题。

我们追求的小说，不受主题的限制，就如我们创作小说，却不希望小说受作者限制。徐则臣说："好的作家，一定是自身小于作品。"我觉得，好的小说也一定大于作者预设的主题。

小说的细节是小说的生命力，我读过的小说，能记住的往往是鲜明的细节。读余华，我记住了自我刑戮的血腥；读苏童，我记住了米堆之上的缠绵；读毕飞宇，我记住了盲人脑中的时间魔方。有的作家以写狠、写暴力著称，但称不上暴力美学；有的作家以写重口味情爱擅长，但看不出爱情的美好。而发现并写出日常生活的精致细节，如同名厨烧出独特风味的白水青菜般神奇。留心生活，是作家共同的习惯，抓住细节，是作家特有的能力，在恰当的段落恰当地展现细节，则是作家应有的水平。我随身一直带一本记事本，除了记录生活，也记录独自发呆时的胡思乱想，有时夜里有某个闪念，也起身在上面写下几笔，这是上一代作家的传统。我使用的记事本，是一位作家朋友送的，称为moleskins，据说是海明威当年用过的品牌，已经快被我写满了，现在的年轻作家当然不屑，但我这样笨拙且迂腐的作家离不开它。毕飞宇读完我的长篇小说《江入大荒流》，说："就一个细节不错，那个讨债的银行职员在江滩上裸身学游泳的姿态。"我觉得沮丧，这是肯定一点否定全盘，他安慰我说："很厉害了，在你读过的小说中有几个细节能给读者留下记忆？"

　　小说理论我曾经痴迷过，但后来我放弃了，更愿意读作家作品论。现在都说作家是可以教出来了，对于初学者，掌握一定的小说理论是基础，但是一旦陷进去了，可能对写作并非好事。我从事的语文教师这个职业，业内有许多名头很响的大师，借着教改的风头，抛出了一套套的教学理论，初读，读不懂，到图书馆边查资料边读，发现原来是舶来品，竟只是改头换面而已。大师们不敢进课堂上课，要上也只会上一节表演课，天南海北的观摩课都有大师的名字，结果你发现他上的永远是那篇课文。我打这个比方，没有攻击小说理论家的意思，学习套路是为了打破套路，写小说这事说到底是创新，是追求个性的事，条条框框多了会成为桎梏。

　　回到这篇小中篇小说,感谢《时代文学》的约稿。教育题材是我写得较多的题材,我从教近40年,用句套话说,校园生活是我的一座富矿,宝藏挖掘不尽。我在这篇小说中塑造了父子两个教师形象,父亲年轻时怀揣教育理想,离开城市,投身乡村教育一辈子。儿子离开县中,投奔到省城的重点中学。为了理想做出的选择不能简单地判断谁对谁错,他们的共同点都是愿意为事业真诚奉献。老一辈追求完美,临死之前也努力想"把人生句号画圆"。而新一辈的教师,面对现实,运用现代的教育学、心理学知识教育学生,变师道尊严为亦师亦友,努力培养学生成为人格健全的新人。时代变了,教育者与受教育者也变了,但是教师的奉献精神没变。孤独存在于每个人的内心,驱赶孤独是人内心强大的需要,战胜孤独是人类奋斗的目标之一。或许我不该说这么多,一个作家的小说需要依赖作家的解读,那肯定是一个失败的小说,不说也罢。

　　业余专注小说写作10年有余,酸甜苦辣皆有。好在我只是把写作当作爱好,如同有人喜欢下棋,有人喜欢打牌,说白了我有一份职业,不靠写小说吃饭。但既然是做一件喜欢的事,就不能不求上进,还是尽自己的力量,踏踏实实、勤勤恳恳去写作。我欣赏那些在棋盘和牌局上讲究和较真的人,他们相信这个世界上还有值得捍卫和追求的东西。也许我的才华有限,但我的追求是不求比别人写得好,而是努力比自己以前的小说写得好。

2022年新春于城南枫景

访谈录

余一鸣：书写生命的痛感

文 / 梁雪波

近日揭晓的江苏省第四届紫金山文学奖中，小说家余一鸣的《不二》荣获紫金山文学奖中篇小说奖。在媒体的报道中，似乎一个文学新人的形象正出现于大众视野中，而已笔耕20多年的余一鸣却调侃地说："我也许连个文学新人都算不上。"

与余一鸣的谦卑相反，他的小说《不二》《人流》《放下》等作品甫一发表，便获得了评论界众多名家的好评。他以细致而多变的笔触书写了现实社会中不同层面的人物故事，通过一幕幕变幻的"内心风景"，揭示出变革时代底层人群的奋斗、挣扎、妥协以及人性的扭曲，表达了作家的社会批判意识和深深的道德忧虑。他的小说和散文是一种有痛感的文学。

在写作之外，余一鸣是一位勤奋而富有良知的中学语文教师，对现行教育体制中的弊端深恶痛绝。在多年的教学工作中，他以富有创意的教学方式,激发学生的想象力和创造力,维护着孩子们温润的梦想。在一尺讲台上,他坚守着汉语的尊严。

"我的故乡是一个叫茅儿墩的村庄,它坐落在固城湖畔的圩区……"1963年,余一鸣出生于素有"鱼米之乡"美誉的高淳。他的出生地茅儿墩属于圩区,水产丰富,村民们聪慧勤奋,乡风淳朴,"吃饭时端着碗可以穿越隔壁人家的堂屋,顺便夹上一筷子菜"。余一鸣的父母都是中学语文老师,父亲原是常州人,母亲是本地人,而外公则是大队支书,这样的知识分子家庭很被村里人敬重,它使余一鸣与众不同,小朋友们对他都很客气。他头脑聪明,惹事捣乱的鬼点子特多,在小伙伴中有一种别人无法替代的威信。比如,一伙孩子和另一伙孩子打架,余一鸣通常是充当军师的角色,给他们出谋划策,但绝不参与任何一方的打斗。

因为父母是老师,家里少不了有一些文史哲之类的图书,但在那个文化受控的禁锢年代,很多书是不能公开拿出来的。余一鸣记得,当时家里有一个小阁楼,那些"反动"的书都藏在阁楼里。趁家人不注意时,他就翻出来偷偷阅读。大仲马的《基督山伯爵》,情节曲折生动,具有浓郁的传奇色彩,他看了好几遍,《林海雪原》《日日夜夜》等也是那个时候读的。小学四年级的时候,他躲在被窝里,打着手电筒,连着3个晚上把《红楼梦》读完了,虽然当年的他"其实也读不懂"。那个时候,身为语文老师的父亲并没有刻意地将他往作家方向去培养,但是却一直在训练他一个习惯:一本书看到一半就合上,让他讲出下面的故事。这样的训练无形中培养了余一鸣的想象力和语言表述的能力。余一鸣记得,村里召开"批林批孔"故事会,人家都是照本宣科,轮到他上台，就全凭自己"瞎编"，编的故事好像真的一样。

在茅儿墩，余一鸣度过了美好的童年时光，后来在一篇散文中，他以充满温情的文字追忆了当年的乡村生活——"生产队里的牛屋，那里有过我最温暖的冬天，金色的籼稻草，乌色的牛粪干，我和牛们在屋前沐浴冬日的阳光……村前的石桥，那里有过我最疯癫的夏天，我们赤裸的身子从桥上跳水，船夫在桥头匆匆避让的惊慌，少女在河埠捣衣低头时的羞赧，至今难忘。"

令余一鸣难忘的还有妹妹高林。高林是著名美学家、画家高尔泰的女儿。在《想念一个叫高林的妹妹》一文中，余一鸣再现了那个凄美的故事。那是1980年春节过后，余一鸣在高淳县中插班复读，经常到同学陶钧家蹭饭，认识了他的妹妹高林。那时的高林只有十二三岁，她文静内向，喜欢托着下巴沉思，说话都是轻轻的。因为得知她的母亲早逝，余一鸣对这个妹妹充满了怜爱，他发现在她沉静的外表下，其实有着一颗丰富多彩、充满幻想的心，有着连他这个哥哥都不太懂的爱和恨。高林喜欢看书，那些文学名著让余一鸣大开眼界，她给他讲《鲁滨孙漂流记》《哈克贝利·费恩历险记》，只有在这个时候，"她圆圆的小脸上才神采飞扬，乌黑的瞳仁闪闪发亮"。然而没想到在后来的岁月里，高林命途多舛，在25岁的年龄就悲剧性地离开了这个世界。这成了余一鸣记忆深处的隐痛。许多年之后，当余一鸣读到流亡异国的高尔泰回忆女儿的文章《没有地址的信》，忍不住失声痛哭。当年高林借给他的书还安静地立在余一鸣的书架上，封面用牛皮纸包着，书名是《哈克贝利·费恩历险记》，书名下面是高林娟秀的钢笔字："有借有还，再借不难。"这是一本永远无法归还给高林的书了……

1980年，余一鸣考取了江苏师范学院中文系，来到了秀美的古城苏州。80年代是中国文学最热的时期，余一鸣回忆说，中文系整个年级101个学生，没有哪个不写小说的。相对而言，他自己倒还没有那么狂热。他在班里年龄最小，喜欢玩，热衷于打拳击、打网球、踢足球，"那个时候胸肌能把一张纸夹住，手臂像毛竹一样粗"。直到大三了他才开始用心读书，主要的方式是逃课，躲在宿舍看书。那一阶段他集中阅读了批判现实主义作家，如托尔斯泰、福楼拜、陀思妥耶夫斯基等人的作品，并从那个时候起就喜欢上了陀思妥耶夫斯基。

江苏师范学院是苏州大学的前身，现任江苏省作协主席的著名作家范小青当年也在这所学校担任文艺理论教学工作，曾经给余一鸣推荐过图书。范小青在大学期间就发表了作品，早早地显示出文学创作的才华，这在当时是很了不起的，也给了余一鸣他们很大的激励。

1984年，还在读大四的余一鸣发表了自己的处女作。说起来有点偶然，学校有一次请当时的《雨花》主编叶至诚先生来做了一个讲座，讲完之后叶至诚鼓励大家投稿。余一鸣之前并没有当作家的迫切念头，但是从中学到大学，自己的作文一直都被老师当作范文，这一点奠定了他在写作方面的自信。于是他趴在宿舍的书桌上鼓捣了几个晚上，写了一篇7000多字的小说《茅儿墩的后生和妹子们》，查了《雨花》杂志的地址便寄走了。正如他所言："这是我生平第一次写小说，写过了就忘了，我当时的主要精力是放在调皮捣蛋上，动不动就出拳，常常打架打到别的系别的年级，总觉得写小说这样庄严的事应该是文学社那帮酸男女干的，写一篇是为了证明我也能玩两下而已。"没想到《雨花》居然录用他的小说了，他因此成了那一届中文系唯一一个发表过小说的学生。在同学们的祝贺下，余一鸣也十分爽气，在小说中写道"稿费没到手，先请班上的男生们出去吃了一顿"。

第一篇小说就这样发表了，这让余一鸣更加信心满满，觉得自己是可以走作家这条路的。1984年夏天大学毕业，他被分回高淳县教育局，父母本来想找人将他留在县城，余一鸣满不在乎地说："不必了，在哪里教书都一样，你儿子不至于一辈子守着这点地盘。"后来他被分到一所乡下中学，开学都一个礼拜了，余一鸣还没有报到，急得校长团团转，而他还趿拉着一双拖鞋在黄山上攀爬莲花峰呢。

回来上班后余一鸣才发现，那所乡村中学位置十分偏僻，条件很差，最让他头痛的是一周有四五天停电，他常常要点着煤油灯看书，当年的他有一个宏大的计划，在3年之内把哲学系和历史系的课程自学完。如他所言："那是我比较勤奋的年代，尤其喜欢上了西方哲学，捧着一本本大部头专著硬啃，睡觉前不洗脸，洗鼻孔，鼻孔里全是煤油烟。"花了几年的时间，余一鸣把哲学和历史专业的课程都自学了一遍，做了好几本笔记，实际上等于把文学写作的背景知识梳理了一下。但是那几年，发表小说变得很难了，5年也就发表了两三篇小说，写了一个电影剧本寄给人家也没被采用，还写了一部16万字的长篇小说《黑鱼湖》，都是手写稿，寄出去了，却泥牛入海。那时的余一鸣心情非常灰暗，甚至一度怀疑自己究竟是不是当作家的料？

但是因为他担任着高淳县文学协会的副理事长职务，编辑《高淳文学》，不管怎么样还是和文学保持着密切的联系。成家后，余一鸣被调进县城一所中学任教。县城有一帮青年诗人，领头的是叶辉和海波，他们成立了诗社，办了一本油印刊物《路轨》，当时曾以"日常主义诗派"自称的他们参加过影响巨大的"中国诗坛 1986 现代诗群体大展"。和他们交流时，令余一鸣深感痛苦，余一鸣写道："他们读的都是西方现代文学，海聊时满口洋名字，我无法对话。于是买来书，硬着头皮啃马尔克斯、博尔赫斯，那真叫痛苦，读不懂，反复读，刚读了这个人，又来了那个人，书店里这类书籍滚滚如潮，你刚学到一点皮毛，用到小说里，人家就说这玩意儿不玩了，现在流行另一流派了，城头变换大王旗，把我折腾得没了耐心，这风老子不跟了，这类小说咱干脆不玩了。"

从乡下中学的教师到县二中的教导主任，那些年里，余一鸣一边为了文学苦斗，一边把相当多的时间和精力投入到了教学工作中。也正是在此期间，昔日在一起玩耍打闹的小兄弟们在渐渐活跃的市场经济浪潮中大显身手，他们或从事建筑业或从事造船业或者搞水产养殖，个个都赚了个盆满钵满，迅速加入了有钱人阶层。余一鸣目睹了这一变化，也亲身参与了这个变化的过程，这些经历为他后来的小说写作积累了宝贵的素材。

2002 年，余一鸣调入南京外国语学校。此时，儿时的兄弟们几乎都在省城开了公司，他们说："凭你的头脑，怎么可能在这里混不出头。"在朋友们的帮助下，他完成了财富的初步积累。在教学工作上，他也没有懈怠，被评为"江苏省 333 中青年科学技术带头人""南京市语文学科带头人",取得了优秀的成绩。曾经有人说余一鸣只有写小说的才能,不会写教育论文,他偏偏要赌这口气,在3年的时间里,发表了90多篇教育教学论文,在所有的语文教学核心刊物都发表了一遍。余一鸣就是这个性格,像当年做生意一样,他要以此证明自己有这个能力。

但是真正让他魂牵梦萦的还是文学。年轻时他曾经梦想着将来自己造一艘大船,闯荡江湖。现在,人到中年,现实感逐渐增强,随着那个梦想的远逝,文学之船却向他缓缓驶来,敏感的天性使他不甘平庸,丰富的生活经历在他的内心留下了印痕,阅读的体悟让他有表达的冲动,而中文之美在时时诱惑着他,他知道,自己该上船了。他写道:"那一条船已按响汽笛,召唤我,于是我全身心投入文学,说到底,只有文学能抚慰我的灵魂。"

来南京后,余一鸣白天兢兢业业地教书,业余生活中交往更多的仍是自己的同乡兄弟。余一鸣"冷眼看他们显摆,热眼看他们痛苦,他们把藏在背后的一面让我看个透彻,把心里的苦水倒给我,我是一个他们信赖的发小,大事小事,买地卖楼,夫妻劝和,都赖着我"。接触得多了,余一鸣发现,在他们富豪生活的背后,也有酸甜苦辣,也有矛盾纠结,也有幻想失落。作为小说家,余一鸣觉得自己有责任"写出他们内心的忧伤和浪漫,触摸他们精神上的创伤"。以建筑包工头为主人公,于是就有了《钟山》上的中篇小说《淹没》和《人民文学》上的中篇《不二》,有了《钟山》《作家》《花城》等刊物上《我不吃活物的脸》《剪不断,理还乱》《城里的田鸡》等短篇小说。

余一鸣还惦记着在长江里做船运的朋友们。他曾经在一个暑假，在朋友的船上跟着跑了 20 天。这是一种陌生而独特的体验，他要把这些体验写下来，于是，就有了《中国作家》上发表的中篇小说《风生水起》和《人民文学》上的中篇小说《人流》。在余一鸣的家乡还盛产著名的固城湖螃蟹，这也是高淳的 3 大产业之一，但是近年来，家乡的生态环境变化让余一鸣十分担忧，人与人之间的隔阂也让他感到陌生，于是他写下了中篇小说《放下》。

《不二》《人流》《放下》构成了他的"高淳三部曲"。余一鸣通过小说描写了在转型社会中，被人们忽略了的一个事实，即在人们追逐物质的同时，以亲情为内核的"内心风景"已经逐渐远去了，人与人之间更多的是利益关系，是物质的享受和贪欲，真实和美好已经十分稀有，虽然一些人还试图抓住，但每个人都深陷于"规则"的泥潭中，挣扎、撕裂、妥协。小说《不二》即描写了一个女人和几个建筑包工头之间的爱情故事，刻画了孙霞、东牛等极具代表性的人物形象。小说既深入地写出了几个师兄弟暴发户行尸走肉式的奢华生活，同时又刻画了他们内心深处某种美好的理想。同时，小说又不停留于简单的道德批判，而是以细致的笔触和"理解的同情"写出了人物的复杂性格。大师兄东牛具有一定的自省意识，整日周旋于男人之间的孙霞其实内心有着一片纯净的"桃花源"，他们都是物质利益的追求者，同时也是这个社会的道德"伤残者"，两人的爱情故事最终以悲剧的方式宣告结束——孙霞成为东牛献给银行行长的"祭品"。在这个选择中，余一鸣以近乎残酷的冷静剖析了东牛、孙霞以及银行行长 3 个人物内心的痛苦与挣扎。小说通过这样一个悲剧，撕碎了资本寻租过程中的神秘面纱，揭示出其背后无所不在的资本的力量。

《不二》发表后，引起了评论界的极大关注，洪治纲、肖涛、孟繁华、李云雷等著名评论家都撰文予以好评。《小说选刊》在选载《不二》的同时，特意组织了几位学者就小说的思想内涵和艺术特色展开对话。评论家认为，小说引发的是"资本人格化"的思考，这一问题的复杂性，仅仅以时下流行的文学语言来解释是不够的，它对当下的文学批评构成了一种考验，作品中道德人伦与资本逻辑的冲突应当引起人们的警觉。《不二》的价值意义还在于，它"突破了二十世纪八十年代以来启蒙主义思想主潮之限"，把"权力批判"进一步引向"资本批判"，把新的思想和情节注入到了当下的小说创作。正如一位评论家所言："作品叙事沉实，随着情节的渐次展开，愈益显出力量。它把人物命运一步步推向绝境，逼迫人物在物质欲望与精神操守之间做出不二选择，《不二》是一篇有痛感的小说。"

正如我们这个社会正处于转型时期一样，余一鸣的小说写作也经历过一个由先锋到现实的转型过程。现在他越来越坚信，一种直面当下的写作是有价值的，同时对于作家来说，如何通过小说的形式处理好当下的题材，也是一种具有挑战难度的写作，能在现实题材当中体现出小说的技巧性来，那更了不起。除了技巧，还有语言，《玉米人》的作者阿斯图里亚斯说过："一部小说就是一桩语言的壮举。"优秀作家的作品总能体现出一种语言之美，语言是小说的尊严。在语言的打磨方面，余一鸣有过多种尝试，有的成功，有的自己并不满意。在当代小说家中，他认为在艺术性上特别优秀的作家有刘震云、苏童、毕飞宇、刘庆邦等。

近几年，余一鸣喜欢的国外作家有雷蒙德·卡佛、托比亚斯·沃尔夫等。雷蒙德·卡佛被公认为"美国二十世纪下半叶最重要的小说家"，是小说界"简约主义"的大师，近年来在国内影响较大。他出身于社会底层，小说内容以形形色色的底层人物的生活故事为主，描写他们的愿望、困窘、不如意等。在艺术风格上，卡佛采用"极简"的遣词、冷静疏离的叙事，表现现代社会中人的边缘性以及现代人脆弱的自我意识，主要作品有《当我们谈论爱情时，我们在谈论什么》《大教堂》等。托比亚斯·沃尔夫也是美国著名的短篇小说家，目前他的作品只是零星见于《世界文学》等刊物，还没有中译本出版。

不知不觉，余一鸣在南京已经生活了快10年了。他所任教的南京外国语学校是省城的一所名校，学校具有开放的办学理念，文学气氛尤为浓厚。同学们不但组织了文学社，编印社刊，还经常邀请作家来校举办讲座，苏童、毕飞宇、梁晓声等都曾到该校与同学们交流。2011年8月，2008年诺贝尔文学奖得主、法国作家勒克莱齐奥还曾到该校与学生进行互动交流。

身为作家和中学教师，余一鸣很希望把自己对文学的理解和热爱传输给孩子们，他认为，小说对孩子的成长非常重要，对人的情感、对真善美、对品质的养成十分关键，可是现在的中学只是把语文当作一门学科，忽视了人文修养的力量。而应试教育主导下的教学方式更是肢解了汉语的美，作为语文老师，余一鸣时常感到痛苦和无奈，他写道："面对那些神奇的小精灵，面对那些只能意会不能言传的心灵密码，却偏要用选择题去设置语言的陷阱，用刻板的问答题逼迫学生写出甲乙丙丁。我在下班之前有时会下意识地用手心拂一拂办公桌，办公桌上如果洒落了许多文字的尸体，是我掠去了它们的生命。"

出于"对服从于高考作文要求的模式作文的深恶痛绝"，余一鸣开始在教学中采取创意阅读和创意写作的方式，他说"创意阅读就是要读出自己与众不同的感悟，要有自己的眼光和追求，要有自己的阅读兴趣"。他发起"寻找一个自己崇拜的作家"活动，组织学生演讲，教学生做读书摘记卡片，指导他们学会阅读批注，让学生写读书心得，通过一系列活泼多样的教学实践，培养了学生们的联想思维、逆向思维和创新思维。余一鸣的作文课是最受学生欢迎的。学生经常是催着他："老师快评讲作文，老师快评讲作文。"他的作文课与众不同，他会从文学刊物上选取一些优秀作品与学生一同谈论、讲评，有时候也会把韩寒、金庸、古龙等作家的作品拿来讲解。余一鸣会帮助同学分析，同样一个文学作品，他认为哪些应该这样写，哪些不能这样写；描写一个人物出场，大家的写法来源于哪些风格流派，再往上走应该怎么写等等。这些指导很有针对性，让学生们受益匪浅。

对于不少中学生热衷于网络文学的现象，余一鸣认为这也很正常，网络文学的故事性、通俗性、刺激性对于这个年龄段的孩子的确具有吸引力，但他不主张学生多看网络小说和武打小说，因为它容易让你沉迷进去，而真正的文学营养还是在经典里。余一鸣经常告诫学生，我们一生中用于阅读的时间很宝贵，要用这宝贵的时间阅读经典。他独创了"小说时评"的教学，向学生介绍分析当代作家的作品，通过一堂课一堂课讲下来，学生们普遍都挺有兴趣，发现这里面的天地其实很大。余一鸣认为，为什么现在我们说文学边缘化了、快餐化了，一部分原因，就是因为语文变成了一种工具，变成了大学的敲门砖。"培养一个人的情商，一定要阅读文学经典。情商高的学生相对来说都比较优秀，就是走向社会，他们的成功机会也要比别人多"，他说道。

余一鸣的家位于南京红山脚下，书房不大，书架里满满地陈列着藏书。现在他的生活挺有规律的，上午上课，下午读书，晚上写作，出门时包里也总要揣上一本书，随时都可以翻开来看。有一年在国外带学生修学，他发现，在地铁上，很多人都捧着厚厚的大书。有位朋友对余一鸣说过自己的亲身经历，以前他在德国上班，随身总是带一份报纸，同事就对他说："你是教授，在地铁上看报纸、杂志之类的读物是很没面子的事情，不能这样。"说明在国外，像教授这样有身份的人就应该读经典，不能把自己放在消遣娱乐类的阅读层次。在我们国内，作为作家，有责任有必要创作考虑人类良心、社会责任的文学作品。网络文学现在很普及，但是我相信，随着读者的精神需要越来越高，严肃文学仍具有网络文学不可替代的地位。

如今的余一鸣生活安定，内心平静，他唯一考虑的是怎么把下一篇小说写好，写出自己满意的作品。曾经有很多可以离开学校到更好的平台发展的机会，他都放弃了。他自言，从乡村中学到县中再到南外（南京外国语学校），快30年了，对教书已经有了感情。他喜欢这份工作，如今社会，成人之间的交往往往与利益相关，而孩子们是纯洁的，天天和孩子们在一起，让他觉得内心明净，是一种心灵的休息。

余一鸣为人性格豪爽，喜欢结交朋友，喜欢玩。这些年运动少了，偶尔会出去唱歌，也是麦霸。有一回，他和毕飞宇、诸荣会跑到一个乡下的度假村，天热，3个男人打着赤膊，把所有会唱的流行歌曲在旷野里都唱了一遍，唱歌得到的是又一种快乐。

和外表的粗犷相反，余一鸣的内心其实沉静而敏感。文学对他来说，就像一棵自然生长的大树，他日日夜夜用心血浇灌着。在多年的写作实践中，他在文坛中的形象已愈发清晰。他时常怀着恻隐之心站在人群之外，去体味他们独特的伤痛，并愈加确认了自己的价值。他以一贯的随和与谦卑说："人到中年已没有了雄心壮志，只剩了写小说这唯一的喜好，那就认真写吧。"

活在小说世界不止是醉生梦死

何平（南京师范大学教授、评论家）
余一鸣（南京外国语学校教师、小说家）

何平：一鸣兄，做这个对话前，我又重读了你几乎所有的小说，细读你的名作《不二》《愤怒的小鸟》《种桃种李种春风》以及你这一两年写的近作，比如《风雨送春归》《头头是道》《丁香先生》《稻草人》《情怀》等。因为篇幅的限制，我想这次聊的内容稍微集中一些。说老实话，我隐约知道你是这些年"很有名"的小说家，但我确实不知道你的小说被这么多的名刊、选刊、选本和批评家所关注。那么这里面问题就来了，我觉得与你的声名不相称的是当下的文学生态并没有找到一个合适的参照系来分类你的小说风格，但又不能果断且径直地承认你在当下文学中就是一个属于你自己的"风格化"的存在。也许你自己能够从自己的个人写作史与整个时代文学场域之间的关系中找到答案，或者感受到当下文学对你的"影响"。

余一鸣：一直期待有机会能和何教授讨论我的小说，记得前年在南京大学文学院我的作品讨论会上，你曾经有过尖锐而直率的发言，我记忆犹新。至少有一点打动我，你当时是认真看过我的小说。感谢本期杂志给了我一个机会，让我们做这个对话，使我能进一步讨教。

近六七年来，我的小说陆续在一些文学大刊露面，并普遍受到选刊和年选本的青睐，居然选载有六七十次之多，确实曾使我受宠若惊。但是，与你讲的"很有名"还有很大的距离。文学江湖的山头，大佬们早就坐定了"交椅"，我充其量也就一文学中老年和文学粉丝。我也很感谢文坛上一批批评家，老中青三代都齐了，他们把目光逗留在我的小说文本上，撰写并发表了一些评论文章，鼓励或鞭策了我的小说创作。正如你所言，我是一个难以归类的作家，之前也有别的学者曾为此为难。我知道做研究有做研究的规则，但是请原谅我，我是一个读了30多年小说并断断续续也写了30多年小说的老家伙，并且喜好多变，口味不一，这就像我老家村头小店的竹提筒，酱油坛子、酒坛子、醋坛子都浸过，已经有说不清道不明的味道。缺点是不鲜明，找不到山头。优点是想要点什么都能从中发现，我觉得，能进各门派的选刊、选本这也是得便宜的地方。

当下中国文学对我的影响我没怎么注意，我当下读的小说多是外国人写的。有一点我坦言，我能够有机会发表这些中短篇小说，一是因为大作家都忙着写欲青史留名的长篇小说去了，二是名家都爱惜美名，写出的小说如果不能超过旧作就藏在抽屉里算了。我钻了个空子,小说能够顺利发表。

何平:许多小说出版之日即是湮没之时,在当下文学作品的阅读、传播和评价中,名家新作占有着相对多数量的批评和传媒资源。批评界和大众传媒很少有耐心去发现无名作者的新作——这样,所谓的文学批评"抵达文学现场"俨然成为等待名家"下一颗金光闪闪的蛋"。必须承认和普通作者、无名作者相比,名家之作往往有基本的质量保证,读这些名家新作可以在有限的阅读时间里知道当下的中国文学界正在发生什么。我倒不倾向简单地以为绝大多数的批评和传媒资源围绕和集中在少数作家作品上不利于建立一种健康文学生态的说法,甚至我认为代表一个时代最高文学水平的可能就在这些名家新作里——问题的关键不在这里。问题的关键是我们的文学研究和批评以一种怎样的态度去阅读并对这些名家新作下判断。换句话说,名家新作也需要接受文学研究和批评的残酷甄别和遴选。但我们今天的文学生态却不是这样,如果我们仔细阅读那些针对名家新作的评论,常常是未经深入文本细读,也缺少更广阔文学史参照的时评偏多。貌似对作品下了判断,但这种判断在多大程度上能够经得起时间的检验很难说。基于对这样文学生态的认识,我关心的是你觉得这些年文学批评读懂你了没有?读出你的"心得"没有?

余一鸣:这个问题似乎挖了个"坑",但我还是奋不顾身跳一把。确实,有时候会觉得批评家歪曲了作品,是熟悉的朋友我会当面抗争,但是冷静下来,还是认识到是自己作品的问题。无赖一点你可以说,作家是下蛋的母鸡,母鸡才不管蛋能吃出什么味道。但是作家毕竟不是母鸡,你觉得别人没有读懂小说,说明小说的表现力不足，或者尺度拿捏不准。我说了一个笑话，我笑了，人家却不笑，只能说我说得不好。一个幽默家，应当让不同的人都找到笑点。我私下认为，批评家的批评毕竟受时代局限，当代文学史怎么写是后人的事，是不是文学史参照下的当代文学批评现时很难判定。

何平：和有的小说家拼命藏匿起自己的"身份"不同，你的小说"身份印记"特别明显，比如你曾经生活的"固城"，比如你现在从事的教师职业，这些都成为你的写作资源。你究竟是依赖"经验"作为写作的母本和动力，还是将"经验"作为一种有意的障眼法，当读者和批评家专注于你的"经验""身份"之时恰恰是你的逃脱术。我感兴趣的是熟悉你的"固城"和"教育"生活的人怎么去看你的小说？

余一鸣：小说家要在可信的动人情境下塑造可信的人物，当然会利用自己所熟悉的生活和工作环境。我写的这两个系列，都有熟人去帮我与身边的人对号，这很正常。但是如果作品只提供这样的乐趣当然寡味，故事之外人物背后才是作家落笔的重心。对于"雅俗共享"，我的理解是小说应该给不同的人提供不同的口味，涵盖轻重深浅。文学形象的挖掘意义就在于此。

"经验"只是引子，只是外壳，它首先要有魅惑力，让朋友们肯读下去。假如我的小说读者时不时想读一遍，每一次都觉得感受不同，我就欣慰了。

何平："文学源于生活，高于生活"，这句文学语录我们耳熟能详。生活之于文学的源头关系似乎也从来不证自明。但我们是不是真的把这句话都参透了呢？而且这句话本身存在不存在可以挑剔、可以质疑的地方呢？说文学源于生活，我们姑且假定这个前提成立，那么当我们开始捉笔为文的时候，我们想过，对于文学之源的生活，我们究竟知道多少？我们能够说出多少？我们能够没有顾忌和禁忌说出多少？这些是不是问题呢？如果把这些损耗计算上，我们还能果断地说，源于生活的文学就高于生活吗？退一步讲，即使没有损耗，如当今许多作家所写的"原生态""原生活"，文学又在什么方面"高于"生活了？当然，我理解这句文学语录的深得人心处是相信文学对于生活有巨大的表现力、概括力、想象力和创造力。因为作家天生就应该是想象和思想的动物。因此，如果要这句文学语录成立，必须预先假定我们的作家心智是成熟的，是能够识得生活的假象和真相的；假定我们的作家不躲不藏有反思批判勇气的；假定他们的想象是飞翔着的，思想是独立的……

余一鸣：福克纳说，做一个作家需要3个条件：经验、观察、想象。有了其中两项，有时只要有了其中一项，就可以弥补另外一两项的不足。我支持这种说法，小说源于生活，是因为生活触动了作家，触发了思考，作家通过对生活经验的积累，对生活细节的观察，对生活情节的延伸想象，一步步抵达文学。

作家首先是思想者，但是思想者未必都要摆出那座雕塑的造型。源于生活不等于照搬生活，某些作家所说所写的"原生态""原生活"是真实的生活，可以吸引读者，但未必是文学意义上的生活。高于生活的亮点是，小说描写的风花雪月、吃喝拉撒背后承载的思想、情感和美感等。

小说家让你记住的不是宣言和主旨，是人物，是泪水，优秀小说的力量存在于读者的心灵深处，存在于读者的昨天、今天和明天。

对一个作家来说，这个问题最好的答案是写出经典作品。

何平：这就涉及我提出的问题：如果不是"劫持"生活，文学和生活如何相处？对于很多作家而言，文学"劫持"生活从来是天经地义与生俱来的。而如果文学对生活的"劫持"被合法化之后，一个直接的结果就是假文学之名对生活的篡改、涂抹、僭越都是合法的。文学可以在不追问生活之真的前提下直接去玄想文学之美。这还不是最可怕的，最可怕的是许多非文学的看不见的手将会在文学与生活的不正常关系下奴役文学。我不知道有一个问题是不是可以从生理学和心理学上获得解释，就是我们的身体记忆如何转换成秩序化的文字？说到底，所谓文学就是对生活的重建，如果不是"劫持"，那么我们在怎样的意义上去在纸上书写"文学"的生活？你能不能就你"固城"和"教育"生活各选一篇小说说说你是如何将生活转换成小说的？

余一鸣：人活在世上免不了在精神上遭遇绑架，文学也逃不了这样的"劫持"。这是古今中外作家都痛苦过的事。但是许多作家都用各自的智慧处理了这棘手的问题，甚至因此使小说更添魅力。

比如我的小说《种桃种李种春风》，这是写老家一位母亲为孩子能读重点中学历经坎坷和屈辱的故事，情节很沉重，发表后我读到一些读者的微博留言和评论文章，影视版权也很快卖掉。但是我的用心不在书写人物苦难，而是着眼于文化扭曲制度的堕落以及人性的荒芜。而这一期刊发的《丁香先生》是一篇荒唐小说，写一个放屁的人历经奇遇。将生活中的某个结点扯开，扯出一条线，将不可能的事变成可能，笑过之后能沉思，轻松过后再沉重。

打个比方，生活积淀是轮子，前一篇小说是把轮子装在汽车上，接地气，重心低，尽管不得不受公路等客观条件的限制，但是我还是要让它驶向远方。它会有速度，使乘客感觉到有风，有眩晕，有快感，有美丽风景。这比老是想着被限制、被规定而放弃旅程好，重要的东西在生活的轮子之上。而后一篇小说，轮子是装在飞机的下面。想象力是小说的发动机，语言是飞翔的机翼，但是我们不敢忘记，飞机终要落地，起飞和落地靠的是轮子，而飞机出事往往就在这两个环节，所以轮子太重要了，能接地气的飞翔才不会坠毁。

变日常为神奇，游刃于肯綮之间，是一种写作小说的能力。

何平：你近年好像从前几年多写中篇小说转入了集中精力创作短篇小说。现代短篇小说作为一种新兴文类从一开始就建立在作者、读者和报纸等大众传媒共同构成的生产和消费的开放场域。正是这样的场域塑造了短篇小说"在场"以及"介入现实"的文类特征。但在具体的写作中，短篇小说又要抵抗现实的奴役，成就虚构的艺术。王安忆说过："小说还有可能是有着另一种较为公众性质的生活，第一次将真实在不断地转述中变成虚假，向又一次真实渡去。但这需要诚恳的性格，还有纯真的情感。所以这是一条危途，在任何时候都可能夭折，流传下来的便是天助人佑，比如话本传奇，还有无数民间传说，都是钟灵毓秀。而现代社会中，传媒的覆盖性其实剥夺了转述的自由，使得转述变成学舌，没有新鲜的假定参加进来，事情只得停留在第一次真实的状态里。"(王安忆:《稻香楼序三》,春风文艺出版社 2005年。)

余一鸣:这两年相对而言短篇小说写得多一点,在前面几个创作谈中我都解释过,短篇小说我从来都不敢放手,只是以前被中篇小说的风头遮蔽了。小说能力有多种,文坛上的大鳄大多以长篇扬名,但是倘若你想用秤钩子钩起他小说称出轻重,一般选择短篇小说。活跃的名家中不乏写不出像样短篇小说的人,我相信他们内心也发虚,否则不会在人前把架子端足、把话说满。

等闲之辈更心虚,我想把短篇小说写得像样点,撑面子。

曾经尝试过现代派手法,努力避免不伦不类,如《鸟人》《稻草人》等。曾经探索过小说语言,想汲取融合老家方言和古诗意境,如《今宵酒醒何处》《夏瓜瓢红秋瓜瓢白》等。也摸索过荒诞派手法,如《把你扁成一张画》和本期的《丁香先生》。写短篇小说是自己的私事,苏童说过这样的话。我觉得写短篇小说是躲在阁楼上折腾玩具、折腾心智的游戏,真假不重要,虚实不重要,规则不重要,风格不重要,重要的是你到达了自己预设的终点,你有自己悄悄地得意和隐蔽的傲娇。

何平:现在我们似乎忘记一个基本的事实:我们往往是因为"有中生有"——从大千世界之万生出一个文字世界能够激发无限想象之"有"的人物,而记住一些作家,或者更多的作家因为根本就没有提供这样富有创造力的人物来激活我们的文学想象,而被我们渐渐地淡忘及至遗忘。我对你小说中的"人物"特别感兴趣,你是一个用心写"人"的作家。一个不算正常的现象,今天我们谈论"小说"这种文类,很少去谈小说家所创造出的人物。这句话也可以这样说，今天我们的小说家还能够为我们已经足够丰富的文学人物谱系添加属于他们独创性的文学人物之一二吗？就批评而言，对小说这种应该以写出"这一个"的"人"的文类，我们却很少从这个指标去考量一个作家所达到的文学高度。可以让我们对一些过时、陈腐、教条的文学经验重新提出来加以检讨，比如"典型环境中的典型人物"，如果我们不是将"典型环境中的典型人物"偷换成强调阶级论的"典型环境中"的"政治正确的典型人物"或"观念先行的典型人物"，而是从具体而微的个人时代感出发，这个文学标尺真的那么值得我们诟病和厌弃吗？事实上，在一定程度上，正是因为我们废弃了这个文学标尺才使得"小说"这个有难度的文类变得"漫不经心、轻而易举"。是的，既然我们不需要考虑"典型环境中的典型人物"，我们当然不需要去研究人物自身的丰富性，不需要去研究人物和时代的丰富性，这样如果小说家写他的同时代人物当然也不需要那么费心地去研究他自己和他所处时代之间的复杂关系。

余一鸣：这是一个快餐时代，也是一个标签时代。当代小说被政治奴役过，被金钱绑架过，被影视蹂躏过，小说固有的概念正被偷换。"典型环境中的典型人物"是我二十世纪八十年代读大学时接受的小说常识，现在被一些小说家和评论家诟病，从我的小说实践出发，我不能苟同。

用心写人，现在是一件吃力不讨好的事。但是这是小说家的尊严，小说的文学性淡化，小说的边缘化、小众化是事实，但是在我们这批作家心里，这是创作以外的事，我们没有理由放松手中的活儿,也没必要看轻写小说的自己。入道的惯性还在指使我们讲究细节、塑造性格,一招一式依然传承着老手艺,哪怕工艺落伍了,工匠精神不渝。典型环境在变化、在"生长",典型人物在与时俱进,我们在小说中要琢磨的是新环境、新人物,与小说人物血肉相连、心性相通是写人物的基本功课。

小众化的优势是作家和读者都"纯粹"了,我们的"立点"可以更高,我们的"招式"可以更讲究,我们有条件静下心来观察生活、打量时代、揣摩人物、写出精品。

何平:其实我们所处的时代是一个个的小社会——官场、学界、民间等各界相互沟通、勾连、勾结的小世界。所谓"牵一发动全身",甚至在今天的城市里已经鲜有不跨界旅行的多栖人了。也正因为如此,我们现时代的小说不可能不织一张细密的网。这些小社会、小世界中的芸芸众生首先是有着自己的起承转合,有着自己的生存法则,也有着自己的生机——首先各自是"生长"性的,如水在大地上流淌成河流,然后在恰当的地方又盘旋缠绕成丰富的水系,成众水流注之势。

余一鸣:有评论家认为我的小说往往跨度大,人物多,说白了就是庞杂。几乎每个作家都以故乡为原型构筑了一个小说世界,我的小说家园就是"固城",我塑造了许多"固城"人物,他们甚至在小说家园中彼此为邻息息相关。我以前曾经懒得给人物起名字,常是随便取名,结果在不同的小说中把人名用乱了。王彬彬教授提醒我:"你把评论家的头弄晕了。"后来我改正了,我没有能力像巴尔扎克构筑一个庞大的小说王国,但我有志于建设属于我的小说家园。

它是我的创造，是我的梦想，每一个人物于我既是亲人又是陌生人，每一个故事成长于我心，又从我的思想中突围，众生熙攘，形象生动。

　　何平：必须意识到，小说家写作的是另外一个世界，是他们自己的世界。但我相信，这个世界不是许多读小说家小说的人所说的——"这个世界与我们生活的世界无关的，是小说家向壁虚构和臆想出来的世界"。这种将小说家写作的秩序随意化，其实是在怀疑一个小说家源发的、素朴的对世界的发现和命名的能力。要理解小说家的世界必须修正我们的世界观，必须赋予小说家破坏、粉碎、变形我们僵化秩序世界的权利，必须承认人和人之间的不透明、不可知、不理解，必须承认小说家再造世界的能力。再造之后，世界成为另外一个世界。小说家创造世界，其实是他"看到了"一个早已经存在的世界，然后施展再造的"幻术"。只是我们对我们日日相处的世界习焉不察、熟视无睹——但这个世界一直就在的。因此，在我看来，诗人也确实和我们同处一个世界，但他们却看到了我们这些非诗人看不见的那个隐匿的"诗"世界。小说家是幽暗未明世界的敞开者、澄明者、预言者、命名者和言说者。对文学而言，这是一个古老的观点，但我认为今天依然适用。

2016 年 5 月

"摸到生活的敏感部位"
——与余一鸣对话

姜广平

姜广平（以下简称姜）：最近读了你很多小说：《不二》《人流》《潮起潮落》以及《愤怒的小鸟》《种桃种李种春风》等。你知道的，我是个靠读小说来与作家沟通的人。一下子有了很多感觉。

余一鸣（以下简称余）：谢谢你读我的小说，写作的人希望有评论家关注作品。

姜：我发现，你有两个世界。小说中的两个世界，一个是金钱的，也可以时髦一点说，是讲市场经济或资本的。另一个就是教育的。你身处名校，看到了很多非著名学校的人们所看不到的东西。

余：我只能写自己够得着的人和事，写太虚幻的事物我素材不够、笔力也不够。

姜：这样看来，你在这样的年龄差不多是重新开始写小说，因而也就很容易地裹挟着自己厚重的生活进入小说的殿堂了。我深有感慨的是：你的小说的接地性特别强。

余：上个世纪末，我评高级教师职称面试时，有位评委看了我的作品目录，说："你怎么突然不弄小说了？有五六年你没发表小说了。"教师评职称是不看发表文学作品的数量的，我报上去有投机取巧之嫌，是想博个附加分。这位评委也是个非刻板的语文特级教师，居然喜欢文学。他反复说："你放弃小说可惜，太可惜了。"那时候我感觉到不写小说其实也可以很快乐。这位特级教师溢于言表的痛惜提醒了我，我把写小说这件事丢下了，这本来是我丢不下的一件事。

姜：这确实是一件非常奇怪的事。中学语文教师，我觉得应该个个会写那么点东西，但现在的情况，不像叶圣陶与朱自清那时候了。你一个语文教师也写起小说来，肯定在旁人看来是不务正业了。对了，我想问的是，你现在重返小说现场，肯定是因为内心有着一种不甘。

余：为什么50岁了还在写小说，真没有认真想过，16岁考大学的时候，所有志愿都填的是中文系，最终也真的是进了中文系。现在都说中文系不培养作家，那时的我没听过这句话。我读中文系不是为了当语文教师，我的父母都是语文教师，我从懂事起就不屑于父母的职业，但是我那时觉得当作家读中文系是条近路，而要想读中文系，我的高考成绩只能进师范学院的中文系。我无奈地进了师院，这对16岁的狂妄少年是第一个人生打击。我 15 岁那年，高考刚恢复，我所在的苏南小县组织了"文革"后的第一次高中学生作文竞赛，我有幸成为 3 个一等奖之一，不知道为什么，县城的大街上甚至县政府大院都张贴着大红喜报，几乎家喻户晓。成为想当一名作家的萌芽从此就在少年心中扎根，并且分蘖抽叶般融入血肉中了。

姜：不过，我觉得，对教师这一职业——不好意思，我也是这个职业圈子里的人，我现在发现，一方面要觉得它神圣，但另一方面，也要通达一点。没有必要不屑，但也没有必要特别看重。这话多少有点离经叛道了。罪过。但是，怎么说呢？哪样事情，都能见出人性与人心。佛说一花一世界哩。

余：读了 4 年大学，我受了两次处分，打架，带队打群架，动辄出手，其实是缘于内心对越来越近的语文教师这个职业的恐惧和抵抗。那时中文系师范生也未必是做语文教师，我的同学大多进了机关和高校，只有我们几个年幼无知年纪小的同学进了中学。

姜：你说到这一点，我倒是想说：中国式的事情，就是中国式的，一直以来都是。我们都不想点破而已。都说那时候中文系的本科生少，但我们也没有被捧上天。与你一样，我也"被放在信封里"，派送到了乡村中学。

余：与一帮大哥大姐做同学确实占不了上风。但有一点我很得意，在那个写小说成了几乎中文系学生人人参与的年代，我是全年级同学中唯一一个在文学杂志发表小说的人。这让我非常狂妄，狂妄到自认为我是不可能做中学教师的。或者，我不可能待在乡村中学一辈子。虽然当时，我已经被分配到了乡下做老师,然而,我没有当一回事。到了正式上班的时候,我还在黄山待着不肯回家哩。

姜:现在不再是乡村教师了,已经成长为一名优秀的小说家了。

余:很多年后有一位作家常常这样介绍我——"非著名老作家",他比我发表小说还早六七年,此人就是我们共同的朋友毕飞宇。不过,毕飞宇讲这话时,我内心五味杂陈,什么也说不出,只能朝他标志性的光头翻一个白眼。

姜:呵呵,非著名老作家,这说法挺"不二"的。据我所知,你也下过海。这可能是你的小说接地性强的原因。我看《不二》《人流》这些小说,那里面的人与事,都让我觉得有点骇人听闻与惊心动魄。这个海,真的是海,藏得很深啊!

余:有一段时间,下海成风尚,我兼职的生意做得风生水起,譬如,我成了县城第一批买商品房的人,我的父母说:"你一个中学教师怎么能这样?"我说那我辞职。我的父母当然不许我丢了铁饭碗,于是只能对不肖儿子睁只眼闭只眼。

姜:我发现这段下海的经历,对你来说,非常有价值。现在,我不知道你是不是已经从海里爬上来了,但你现在捧出的这些小说,让我发现,这深海里,隐藏着很多我们所不知道的东西。当然了,事情我们不知道,但人我们是认得的。人性大抵未能逃出你的法眼。

余:做生意,从长远看是做人。但我下海那些年生意场尤其不规范,做生意是猜人,胆大心细观察对手。对我而言,最重要的是放下尊严,尊重规则,洞察人心。

姜：但我们还是先说"教育"吧，这是你小说中的一个重要的关键词，也构成了你小说的重要组成部分。对于中国教育，其实大家都想说两句。毕飞宇说教育就够多的。我看他最近一篇短篇小说《大雨如注》，就说得非常透辟。你的小说中的教育世界，我后来想了想，不过也是我们世俗生活的一个部分。我只能感叹，未能逃过一个"俗"字。你对教师这个职业的最初的看法，也还不是从"俗"字出发觉得它不配你的中文系大学生的身份吗？说笑了，你别当真。

余：为人师表是一件痛苦的事，我有很多年在努力摆脱这个身份对我的束缚。贫与酸是那时所有中小学教师的标签，一方面是因为当时家教还没普及，另一方面当时教师工资确实很低。摆脱贫与酸我很快就做到了，但是还有别的标签粘在我身上，比如说要求教师任劳任怨、品德高尚。但我有时真的难以高尚，我做教务主任时有一回一个考体育的男生把班主任撑在黑板上抽了五六个巴掌，教师在校长室哭诉，校长也无奈，反过来以奉献和牺牲精神劝导。我鄙视这样的"高尚"，放学后我守在校门口，拦住这个男生，一拳接一拳将他打趴在地上，告诉他："出了校门老子就不是老师，你再犯浑老子在校外见你一回揍一回。"我当时想的是大不了我不当这中学教师罢了。想不到的是，没人告我的状，学生在我面前都老实了，因为这个老师不是别的胆小怕事的老师。

姜：看来，你的骨子里也还是有一种不羁的野性的。怪不得小说写到那些"人流"的"不二"人物，描写一点不软。

余：从读大学"桀骜不驯"到做教师"恶名昭著"，从商场赌身家性命到追债漂泊长江,我都经历过了。很多别人在乎的东西在我眼中都可有可无,我不喜欢做语文教师,但从教 30 年了我还是一名语文教师,因为我已懒得厌倦,在这个行业内我无偶像,对自己无要求。但是,就小说而言,哪怕自己不写,我也在坚持读那些好的小说。当然,读到别人的好小说我会难受,我自己的隐痛是什么我心里清楚,那就是凭什么我写不出好小说。

姜:到南京后,应该有了改变了吧?坦率地说,我也有一段时间放弃语文教学的。但,这种放弃与你一样了,最终还是要拿起来,而且还要拿得非常漂亮。

余:在我落脚南京后,身边的朋友圈中不乏文人,我的重心转向了写小说,真的是宿命。从我的性格而言,在当前的教育体制下,我做学生不是一个听话的学生,做老师不是一个守规则的老师,写小说倒适合我,这些年来小说界潮流变幻,编辑和评论家喜新厌旧,不按套路出牌倒能创造惊喜。我觉得我生来就是做作家的料,谦虚地说,年近半百蓦然回首,我是个没有远大目标的人,也就只有写小说这件事能不让我厌倦。在我写完《不二》《人流》《放下》等淘金题材的小说后,有作家和评论家朋友都担心我下面的路怎么走,似乎我独特的生活积累都被挖光了,重复题材、重复自己是必然在走下坡路。

姜:这种担心是多余的,理论家们不懂这事,我们不扯了。

余:其实,生活的源泉无穷无尽,这句老话真不过时。我写那批小说,正是盛行打工题材小说的时段,很多写底层农民工的小说走红。我不喜欢跟在后面走,写小说是关注灵魂的事,社会转型期心理敏感的人群是先富起来的一批人,做一个暴发户得有精神准备,否则钱多反而会破坏人生。我选择了这批人做我小说的主角。

姜:但你的小说中,这些人物的背后,还是有着很多深刻得惊人的东西的。我看过你在写这些人时,有一个人物特地为自己安排了一个佛堂。

余:是啊,我这些小说后面都各有一个佛教故事,甚至小说题目本身都源于禅语。只是它们在历史长河中已融入大众生活,大家麻木了,我用来做小说题目其实是一种提醒和揭发。积累生活经验当然重要,但更重要的是发现,是摸到生活的敏感部位。

姜:所以我说你的小说的接地性强。写长江上的生意,视角非常独特,但是,恐怕当代作家中少有人有这样的生活经历。

余:应该说我没有让朋友和读者失望,后来我也写出了《愤怒的小鸟》《种桃种李种春风》这样的小说。

姜:写教育,也应该是我们这些人的看家本领。不过,浮泛的教育题材小说,现在还真不少。

余:是啊,教育题材的小说很多,怎样写才能与众不同是我的努力方向,讲实话,《人民文学》先后发表这两篇小说后,我有点紧张。大家都熟悉的"地表",只有打深井才能避免肤浅雷同。必须触及深处才能有惊喜。都说生活比小说精彩,但生活还是离不开小说。小说贴近生活,又承担着比生活更广阔的期待。

姜:教育是一个深井。当下的教育,更有很多可以言说的地方。我们都相信,很多年后,我们回顾我们现在的这一段教育时，会有很多感喟与感伤。

余：读一部小说，读者是不会满足于一个作家只对生活进行临摹的。生活可以如河流任意流淌，小说必须曲里拐弯，把握深浅缓急，水下必须藏有鱼龙。这是小说家的使命。写《种桃种李种春风》时，我一方面要将生活本色的一面呈现，又要经营人物的复杂情感，从深处挖掘丑恶的现象。我在修改时要求小说能达到这样的境界：写现实的丑恶不是引发泪水，而是激发思考和革新。人性沦丧的"荒原"上依然有人性美的"芽尖"。艺术说到底，就是把生活中的不可能变成可能，变低下为高尚，变痛苦为愉悦。

姜：对啊！一方面，我们要正面现实，一方面我们还要对现实有所期待。

余：常常有人告诫我，你的小说都是揭示阴暗面，不讨人喜欢。确实如此，我这个年龄的人，同学和朋友在官场和职场，大小都已混到些名堂了，尤其是回家乡后，更清楚他们都是在父母官位置上。有老同学说："上级领导看了你的小说，对我的政绩加的是负分，你帮帮忙修改一下好不好。"我苦笑，我并非有嗜痂之癖，只是现实如痂，不撕掉它不能长出新皮肤。作家要做社会的良心，这话放在我头上是托大，但是至少我不能睁着眼睛说瞎话。如果我的小说能刺痛一些人，能警醒一些人，激发人性中的善，也算为民请命。

姜：你这里倒是提醒我想到一个作家社会责任的问题。现在，多数作家的写作仍然是关在书斋里自娱自乐，或者，就是泛化了对生活的判断与认知。就譬如我们的教育，其实大声疾呼者未尝没有,但是,喊出来的,又过于宏大叙事了。

余:基础教育问题,我不相信那么多教育官员和教育专家弄了几十年真的弄不好,他们没那么笨,他们想的不是搞好教育,而是我怎样才能从教育中获取最大利益。我目睹的种种腐烂,在笔下实在不能将其美化。我只能从人性角度呼吁,我只能敦促良心复苏,讲政治,讲民族未来。我也渴望有一天,我的文字是锦上添花,有功德可歌,无伤痛可泣。

姜:这就是一个教育者的良心与良知啊!其实,不是我们看不到,是我们说不出,也不肯说而已。放在心里,也宁愿烂在肚子里。这一点,我与你不同了。我相信,很多腐烂的东西,将会"开出花"来。教育,不再是那些教育官员和教育专家的教育了,它是人民的教育,是老百姓的教育,是普通教师的教育,甚至是孩子们自己的教育。听说过那些拒绝高考的孩子们的事吗?我相信,会有一天,有像你这样的作家再一次写出像《班主任》那样振聋发聩的故事来。启蒙与开智,仍然将从教育开始。

余:我不知道那一天有多远。因为在外国语学校任教,我的学生大半都出国留学了。我女儿初中作为交流生去欧洲读书,高中作为交流生去美国读书,回来后女儿告诉我们别想让她读国内的大学。后来去读了多伦多大学,人家不愿回来工作。我就这一个孩子,我让她读了一流的重点小学和中学,还有一流的重点大学可以保送,但我留不住她。我是一名教师,我觉得很悲哀,很失败,套用一位作家的小说题目,这不是一个家长的悲伤。留学潮就是对高考的拒绝,我的小说就是在写这个题材。

姜:对了,我想说说你作品中的语言。可能很多人都关注到你的语言了。我发现，语言这东西，其实与内容大为相关。我发现你在写很多小说时，譬如，写刺蛄的那一篇《放下》，那个谢无名，还有他的女学生刘清水。一个是放下了，一个没有放下，极有意味。我看出来了，你似乎还有一种想保留生活原汁原味的东西在作品里。哪怕这些东西在作品里旁逸斜出。坦率地说啊，现在大多数作家的作品过于精致，少了些旁逸斜出的东西。

余：是这样的。不晓得你还记得否，大概六七年前，我、你、毕飞宇，还有那个江苏教育出版社的朋友，我们去了我老家一个叫"迎湖桃园"的度假村，晚上喝了点小酒。天热，我们先是在车上，后来到了度假村，在池塘边上。这一路下来，我们一直在唱歌，大声地歌唱。从革命歌曲唱起，一路唱到当时的流行歌曲，有独唱，有混唱，乐唱不疲，4个人把T恤都脱了，光膀子吼。酣畅淋漓呵，比在歌厅过瘾多了，不要灯光修饰，不要伴奏，不要小屋子，连陪唱的小姑娘也不要了。这就是我后来写小说《人流》的感觉，汹涌澎湃、挟泥带沙、顺势而下、无忌无顾。人生中难得有这样的状态。有人批评我的语言不纯净，不唯美；也有人赞扬我的语言气势磅礴、势不可挡。我都听取，只有我明白我只能这样写。我在长江沙船上的日日夜夜、在寂寞的航行中，我常常复述场景，揣测第二天可能的遭遇，那其实就是为以后的写作做准备。我不相信那些快手能写出好小说，除非是多年经营后。写那样的生活，你如果斯文就是假斯文。

姜：那一天的事，怎么会忘呢？那时候，你还真是一个非著名作家的状态，你送了我两本书，范小青作序的那本也给了我。那时候，状态确实没有出来啊！不过，有了一个著名作家的底子了。好,打住,话说回来,鲜活的语言,应该是小说最起码的语言标尺。我的看法是,哪怕泥沙俱下,总比无泥无沙胜过千倍。何况,只有真正的泥沙,才是真正有着地气的。

余:小说语言要讲究趣味,这是我的自我要求。情节悬念上的引力,那是构架上必须要有的"榫眼",但是语言的生动,那是鱼身上的鳞片,全身都要鳞光闪闪。重口味的情节再重也超不了生活的荒诞,但是语言的心领神会是作者与读者的默契,那就是心心相印了。

姜:你用新闻发言人"你懂的"来说事儿了。

余:中国语言的深奥和生机是小说家的丰盛大餐啊!一个南方作家,不能耽于小桥流水、清水芙蓉,更要捕捉天地众生间的约定密码,插白于明与暗的规则,笑不露齿、笑不捂肚、一笑而过、云淡风轻。这是我向往的小说语言效果。它追求的不是唯美,而是与读者的契合。沈从文、废名的小说语言当然好,但那是那个时代的好,是文学史上的好,放在今天这样写小说,恐怕就不是那回事了。现在的作家作秀和摆谱的人少了,时代变了,作家褪去了光环,实在要做秀场,往往是出于书商的要求,行内人都理解。

姜:出于书商的要求,出于市场的考虑,人人都可以成为一个作家。只不过,这是那一类作家,不是这一种作家。

余:我不鼓励学生去做作家。有一次一个高中就出过小说集的学生高考选考美术专业,我为他惋惜。家长却笑言,一个三流的画家也会比一流的作家富有,这是实话,我没有生气。如果想凭写作发财,概率小于彩票中大奖。我还有一种想法,学生不想做作家，我尊重他的意愿。但作家很多不是出于自己的主观选择，是人生经历铺了路，是天赋"文禀"，使得作家不得不写。在我们青年时代，把当作家作为理想，那是一种神圣。但今天若有学生这样想，家长要急疯掉。当今时代，人人皆可在网络做作家，当作家不是梦。以前县一级文联设文学协会，现在都改为作家协会了。作家普及化，就像当年小靳庄的农民人人做诗人，是好事，是文明进步的标志。我于是也发现，写作并不会显得你特别牛了，你想写就安安静静地写，就像吃饭穿衣一样人人都会，你讲究你就把小说写得好一点，写得好你可以偷着乐，但不要炫耀，有可能张三棋下得入了段，李四打麻将赢了楼，术有专攻，你那行未必比别行高出一筹。我年轻时写小说不是这心态，想成名，想写出经典，撞得头破血流。后来自己写得少了，心里还是不服气别人。再后来潜心写小说，出发点是跟哥们儿较劲，写出几篇能拿出手的，压力也就来了，怕人家说底气不足，憋了劲写到现在。这样的心态我自己很享受，我不指望小说能给我带来名利，写小说就是写小说，跟在健身房里与伙伴较劲一样纯粹而简单。

姜：是啊，写作出乎自然，归于水到渠成。写小说，就得尊重这个行当的门道。这是天道。所以，我看你的"泥沙俱下"，倒成全了你。譬如，丰富的感觉与细节，让你的小说有了一种活力与霸气，甚至，我说过的，有一种蛮劲。而这种蛮劲表现在文本上，那就是虎虎生气，是一种非常"质性化"的文学感觉，是一种可以拿在手里把玩的小说的"有机性"。不好意思，我又在卖我的"文学有机本体论"了。

余：我比较注重小说中的细节描写。写人物最有表现力的是动作，其次是语言，然后才是其他描写方法。一个手势、一个眼神、姿势的某个状态，在我们这个隐喻时代都包含巨大的信息量。我在人生的各阶段经历中，喜欢观察和发现别人的细微动作。观察对象有时是大街上的陌生人，有时是我的谈判对手，有时是道貌岸然的上级领导，在紧张甚至危险的时候，瞅个空子把自己想象成一个写作者，是自我放松的妙想。把别人当成你笔下的人物，你无厘头般凌驾于事件之上，觉得自己真有一种洞察人心掌控事件发展的能力。现在想起年轻时的无知无畏，还觉得饶有风趣感。

姜：这是写作中的异己感了。我记得毕飞宇刚出道时，就说过这种异己感非常体面。

余：我知道你做过多年的语文教师，而我今年已从教30年了。现在的语文，已经距文学很遥远了。我做过追踪，1957年中学语文课本曾经单列过一本《文学》，阅读量大、覆盖面广，可惜没能长久。现在语文课本也有小说、散文分册，要么不教，要么用非文学的手段去教，比不教还让人担忧。语文教师写小说，写出的小说肯定带着八股味，我自己也这样认为。

姜：你的小说尽脱八股了。我表扬一下我自己，我也是一个语文教师的异类。上次在《中国教育报》上，我点名表扬了教育圈子里真正的教师作家。教师只不过是其谋生的职业，作家才是他真正的身份。我其中提到了你。你是一位真正的作家。不管你在哪个行当工作。我觉得，对一位作家而言，人们没有必要太关心一个人的工作场所。就像兄弟我现在也是一个生意人了一样。

余：所以我常常提醒自己，不能用教学思维置换小说思维，好的小说需要反其道行之。我出身于教师家庭，我做了30年语文教师，作为也堪称名校名师的我，深深知道，目前高考指挥棒下的语文教学是反文学的，每个语文教师总有一天会醒悟，为师者难辞其咎。我能坚持的是30年来我没参编过任何教辅，我拒绝了每次编高考复习题的邀请。我常年坚持开一门选修课——"创意阅读与个性写作"，为所欲为地讲小说与指导写小说，我想会有学生将来记住我。将来倘若我有什么能留给后人，那就请允许我留下我的小说。为此，我该把小说写好。

姜：不能不说一说你笔下的女性。《不二》里，有些"不二"的女性，才造成了男人们"不二"的人性。不知道你是否认同我这种说法。

余：女人造就男人，反过来被男人造就。看一个女人，可以看出她身边的男人状况。作家比别人想得多一点、远一点，男女联系起来才有深有浅。《不二》的孙霞看起来是男人造就的，归根结底是资本环境造就了她。男人抵抗不了凶猛的资本，女性更不易，因为还要加上凶猛男人。

姜：当然，你笔下的女性，有一些非常可爱，可爱到令人心疼。《入流》里不"入流"的人物大大和小小，确实就是令人非常怜爱的。

余：在乡下长大的人心中都有一个美好女性，如莫言村上老石匠的女儿于莫言。时代和地域不同，女性的审美标准就有所差异。大大和小小是我小时候心仪的姑娘，我生长在固城湖畔，我的外公曾经是"湖管委"的主任。由于我父母是教师，外公外婆是乡村官员，我母亲是外公外婆唯一的孩子，我上大学前都是住在外公家。我应该是霸道的，村里的小年轻到我家蹭电视看，我往往只允许姑娘们进来，除非跟邻村的小子打群架，我才允许男青年来看电视。我读完大学回来教书，姑娘们早已不是村姑的模样，也不是村姑的身手。靠近她们，善良和美丽不变，那就好，那就是我喜欢的女人。

姜：你瞧瞧你！看来，你还真的对女性有着一种深切之爱。对了，你的小说人物刘清水是与你刚刚说及的村姑们不同质的女人了。她有着为官的背景。说她的行为是无奈之举吧，她确实有着一份善良与美感，但若从女性的柔情看，她对谢无名——她的老师、她的情人，又未免下手重了点。

余：在生活中我讨厌女人做官，这跟女人上战场没有区别，而且更加危险，子弹是不长眼睛的，但是男上司是长了眼睛的，小说真实源于生活真实，女官员确实更难独善其身。男人写女人的坏总欠临门一脚，我觉得与我写刘清水相比，我写男性还是笔下留情的。女人为啥坏？男人所逼。女人不狠从不了政，女人过狠不像女人。

姜：谢无名这个人物有你的影子吧？这是你所有作品中难得一见的好人，是一种清醒的具有一种良知的人物。你写这个人物，显然是有着相当大的深意的。

余：还真没有我的影子。我觉得土豪们要想升格为贵族，有希望的是那些有文化有知识的富人。谢无名应该是首批良心发现的富人之一，是拯救社会可能的亮点。

姜：对了，你的小说题目，也可圈可点，而且，每一个题目都那么直接而有力。你刚刚也提到了，小说的题目都用的是佛家用语。而佛教是与中国人最近的一种宗教，这也是非常有意味的。"不二"啊、"人流"啊、"放下"啊，确实有警世的清醒。你怎么会想到用佛教来入题的呢？

余：我近几年偶尔出国，并不觉得华人在物质上与国外人差距有多大。老外的精神昂扬是我羡慕的，宗教支撑力确实巨大。我们其实也有过，佛教曾经与我们的生活紧密相关。我不寄希望能一下子众生成佛，但唤醒美好品质是社会向上的动力。

姜：最后，我们谈一些规定性的项目。像我们这样接受过大学中文系专业教育的人，在你步入文坛时，应该有很多作家给了你影响。

余：在乡下教书时，我差不多啃完了所能看到的西方哲学书，也差不多啃完了历史本科专业的书。那时候，对哲学有一种狂热啊。

姜：那时候，中国的很多青年做两个梦：一个是文学梦，一个是哲学梦。

余：我还有一段特殊的经历。整个高中时代，我住在高尔泰先生的姐姐高硕莲家里。她也是老师。那时候，高尔泰的女儿高林也生活在我们高淳。"已见微绿生高林"，高林的名字就源自这里，她是高尔泰与第一任夫人的孩子。我最近写了篇散文《想念一个叫高林的妹妹》就是写高林的。高中时代，我替高尔泰抄过很多文稿。高尔泰是与李泽厚、王朝闻那些人是同时代的美学大家。那时候，他在兰州大学做教授。高尔泰曾经要送我一张钟馗的人物画,我走的时候悄悄留下了。我不太喜欢这个面目狰狞的捉鬼者。高林死在她爸爸流亡异国后不久,她亲自送她爸爸和爸爸的第三任妻子踏上了远去的旅程,一个人孤零零地守候在那个清冷的城市,等不到她爸爸的音讯,她选择了离开这个没有温暖的世界。她死的时候病已痊愈,只有25岁。若干年之后我读到了高林爸爸在大洋彼岸写给她的文章,题目是《没有地址的信》,我读完后趴在书桌上泪流满面,让我的女儿十分惊悸。我怕吓到女儿,擦干泪,从书架的顶格取下一本牛皮纸包着的书,书名用钢笔写在牛皮纸上,叫作《哈克贝利·费恩历险记》,书名下面是8个字"有借有还,再借不难",这是一本永远无法归还给高林的书了。

姜:这一段经历,看来带给你非常大的影响了。

余:从做父亲和做男人的立场看,高尔泰失败太多,但从社会的奉献价值考量,这种"失败"是不足道的。我站在高林的角度,真希望她有一个守护她的即使平庸的父亲。现在我年龄大了,心肠更软,渐渐明了高尔泰的不易和不忍。启蒙者总要有牺牲。

姜:我与很多作家都聊过二十世纪八十年代先锋文学的事。我们差不多也是同龄人,应该也受过先锋文学的影响。

余:说来惭愧,我迟了一拍。那时候,我们在乡下,哪里会看到这些书呢?我们接触不到最新的文学潮流与哲学思潮。每次去城里,看到一些新书,便觉得"城头变换大王旗",觉得非常陌生。

姜:是啊,我曾经说过,那时候,文学的春秋战国时期到了。我们却一直在乡下，闭目塞听了。

余：那时候，我非常灰心，觉得肯定搞不过人家。很迷茫。觉得写小说肯定是死路一条，跟我们无缘。

姜：其实你还是一直在写小说的。

余：是啊，写是一直都在写，一年总会写上几万字，不过，没有发表到主流刊物上，也一直处在文学的边缘。偶尔会有一两篇发表到像《青年文学》这样的刊物上，但知道，知道文学，关注着文学的走向与脉络，然而，心里却非常苦闷。后来，我就下海了，做建材生意。这时候便又觉得赚钱还是必需的。所谓物质保障还是要有，衣食无忧，生存无虑，写小说的心态才能从容自在，求精求美。

姜：还是回到我们要说的话题上吧。世界范围内的哪些作家与作品给了你决定性的或最大的影响？

余：这个太多了，各个时期都有。要排序的话中国小说当数《水浒》，西方小说家当数纳博科夫。我基本保持每个月读两本书的习惯，上大学逃课，其实是读小说，读文学史中的经典，托尔斯泰、陀思妥耶夫斯基、福楼拜、左拉，后来跟风读现代流派，我们这拨人都差不多。我现在不挑作家读，读得下去读，读不下去丢。都说好的我只粗读，自己感觉好的精读。当代影响我的作家有几位，刘震云的小说语言值得学，毕飞宇的精致有藏品，莫言的大格局有气场，都值得我学习。

姜：好，还有一点，我们必须要谈一谈。虽然我们刚刚也说了，不必太关心一个作家的工作状态，但是，作为教师这样一个非常特殊的群体，又作为一个高中语文教师这样的特殊的人群,其实,是没有时间写小说的。我自己就有这方面的切身感受。要么放弃这份职业,要么放弃写作这一爱好。两难的事,在这里显得非常残酷。你是如何处理这两者之间难以调和的状况的呢?

余:教书时我自认是作家,写作时我自认是教师。教不好、写不好,似乎都应该是可以的,我可以比别人更自由点。

姜:今后在写作上还会有哪些打算?还沿着现在的两个世界写下去吗?

余:忽然就50岁了,讲实话,写作挺累,因为你老想着是下一个最好。我觉得最好的状态是不做计划,想写就想足了再写。我骨子里是个偷懒的人,反正我不是专业作家。写不写,都随自己的意愿。真要写了,也由不得自己——倘若你的手摸到了生活的敏感部位,你有理由推托不写吗?

乡土文学须与时代同步

采访对象：著名作家余一鸣
采访记者：王杰

1. 您的新作《漂洋过海来看你》涉及当下教育制度中许多敏感的话题，您当初创作这篇小说的初衷是什么？

写这篇小说，几年前就有这个念头。女儿在2010年出国读书，每次送别或者盼望她归来，都在心中引起了情感波澜。一个作家写自己真实的情感，写出好作品的可能性最大。但是，心里面又一直担心还没有足够的沉淀，会可惜了自己的真切积累。一直到去年，电视剧《小别离》播出后，我爱人说："你看你不写人家抢在你前面写了。"我动笔的时候，想的不仅仅是留学这个话题，更重要的是揭示中西教育的利弊，尽管现在送孩子出国读书已经成为一股风潮，我在外国语学校任教，高中阶段出国的学生占了大多数。但是，从我自己对国外教育的考察，和与留学生的交谈当中，我意识到，各自的文化背景不同，教育的方式和理念各有其价值。至于我在小说中写到的敏感话题，比如莫言的教改提案、高考指标支边、中学少年群殴事件，我都只是作为故事的背景，因为这些事情有新闻性，但是写成小说情节还需要一种"时间的隔离"。另外，真要写，也必须选择与众不同的视角，比如说中学生群殴事件，我就撇开了网络上的大众视角，从殴打和被殴打者人物的扭曲心理出发，总的来说，小说不是新闻。

2. 除了《漂洋过海来看你》，您的其他小说如《愤怒的小鸟》《种桃种李种春风》都有反映当下教育问题，这是否与您的工作经历相关？您在进行文学创作时是否也会将个人的"经历"或"经验"融入其中？

《愤怒的小鸟》和《种桃种李种春风》都发表在《人民文学》，《漂洋过海》发表在《北京文学》，这是我计划中的教育三部曲。首先，我是一个有着32年教龄的中学语文老师。一个作家的作品，不可能没有自己的生活投影。关键是，怎样对生活经验进行淘洗，这3部小说之所以能赢得读者的喜欢，是因为很多读者在现实生活当中普遍面临教育问题的困惑，甚至是受到了伤害。从工作经验来说，我始终是一线教师，带着两个班的语文课，朋友中不仅有语文界的大腕，也有刚刚踏入教坛的青年。我自己也曾经致力于语文教学研究，发表过100多篇语文教育教学文章，可以算是个局内人。从家长的经验而言，从小学到中学，我与许许多多的家长一样，也曾经面临过孩子升学问题的煎熬。与其他人不同的是，这些切身的经历，不因为家长使命的完成，就能抹得干干净净。我觉得自己有责任，从教师身份考虑也好、从家长身份考虑也好，都必须写出在目前教育背景下我们的心理扭曲以及我们的伤痛。

3. 据我了解，不少评论家认为您是比较晚成的作家，您如何看待这一评论？结合您自身的教学经验，您认为是否存在写作的最佳年龄？

早在1984年，上大四的时候，我就曾经在《雨花》杂志发表了自己的第一篇小说，那正是一个文学的黄金年代。一篇优秀的小说，甚至能改变作者的命运。很多现在成名的作家，在当时还陷在被退稿的痛苦中。我的朋友毕飞宇常常在介绍我的时候说："这是一位比我资格还老的文学新人。"因为《处女座》的发表，我比他早成名了六七年。但是由于毕业分配问题，我被分到一个偏僻的乡村中学，我要从农村调入县城，再调入省城，首先必须完成家庭的责任。专心写小说，其实是从2010年前后开始，女儿已经拿到了大洋彼岸的录取通知书，我也基本上达到了生活上的财务自由。所以评论家说我是晚成的作家。我知道自己配不上"大器晚成"这个成语，但是我觉得一个作家即使50岁以后，也能进入创作高峰，写出自己一生中最好的作品。有一些作家在青少年时代，就写下了自己的巅峰作品，这样的天才当然是每个作家都羡慕的。但是，除了官场，年龄并不是很多职业的限制，包括商人和作家。现在文坛上，讲究给作家分年代，现在推崇的是70后、80后、90后作家，很多期刊都为他们专门开了栏目，让人羡慕而又嫉恨。有朋友跟我说："你如果没有年龄的障碍,也算搭上了文学黄金季的末班车。"那怎么办呢?我能减去10岁或者20岁吗?修改出生年月吗?我只能相信,年龄不是问题,写得好不好才是问题。算是自我安慰吧。

4. 您塑造了许许多多的人物形象,如孙霞、林浩然、丁良才、王秋月等。您曾提起过《入流》这篇小说的主人公拴钱的原型来自您的一个朋友,那么您其他小说中的人物是否都能够找到社会原型,这些原型升华为小说人物您又做了哪些艺术处理,能否举例说明?

这一问题很多作家都曾经回答过。最有名的是鲁迅的那句话:"人物的模特儿,没有专用过一个人,往往嘴在浙江,脸在北京,衣服在山西,是一个拼凑起来的角色。"《入流》中的栓钱,原型是我的一个朋友。其他人物要是仔细去对号入座,也能找到原型。最近《人民的名义》大火,我曾经陪同原著作家和剧本编剧接受访谈,最多的提问是人物原型是谁?甚至在网络上还有一个游戏——"如果我在《人民的名义》中该是谁"。一部作品受到大众的欢迎,这是必然面临的提问。我也常常面临朋友和读者的提问,甚至是质疑。比如淘金三部曲里描写的是建筑工头,就有朋友怀疑我把他的真实生活写出来了。应该承认,生活中的某些细节,能变成小说情节,甚至不需要加工。比如在《不二》中,歌厅上演脱衣舞时,东牛用大衣裹了女友抽身而退。现实中,我的一个朋友也遇到过类似的事情,我听说后,追问了当时的场景,直接搬进了小说,但更多的情节,你必须提炼加工。故事很好,但是有的动作和语言,人物原型能说能做,小说中人物必须符合人物的身份地位以及性格。比如王秋月她是位女性，胆小、谨慎，不会一下子走上胡编教辅的歧路，也不可能有勇气直接辞去公职。他就像当年的林冲，一步步被逼上梁山。在生活中，人物原型没有这么多挫折和纠结。

5. 您所塑造的许多主人公都是社会生活中的底层人物，他们在转型社会中彷徨、挣扎，追逐物质和金钱，一方面抵挡不住城市的诱惑，一方面又对乡村生活抱有眷恋。您认为应该如何去调节这种复杂的内心矛盾？

田园生活是几千年来中国文人向往和追求的风雅，从陶渊明、王维等人的诗中不难看出，甚至可以说这是文人作秀的专利。但是，我相信，在城市打工的农民，他们在经历了欺负和歧视，在极其恶劣的生存环境下，特别是吃喝方面，他们在工棚里仰望着简陋的屋顶，肯定会想念能看到星空的老家。有的时候我想，很多农民工就是那些勤劳的春燕，他们衔泥是为了筑巢，事实上，一部分农民工积累了不多的一点资本后，就回老家做起了小老板，另一部分成功者在城市逐步向上，上升到了富人阶层。他们都有共同的痛苦，那就是回到乡村时发现家乡已不是原来的家乡。富裕的人衣锦还乡时，也不可避免有失落感。他赖以寄托的故乡亲情蜕变成了金钱崇拜。历史向前进。逝者如斯夫，我们不可能两次进入同一条河流。家乡只是一个符号，是一种精神归宿，清醒地认识到这一点，就能调整好自己的心态，正视现实。

6. 在您的小说中，有一部分人物形象是接受过教育但仍对生活迷茫年轻人,这些人物形象很容易引起许多现在处于就业迷茫状态的大学生的共鸣,您认为这二者之间是否存在相似点?当下迷茫的大学生该如何去定位自己?

现在到处出现"读书热"。读书有好处,但也有副作用。读书人往往带有理想化倾向,容易把自己当成书里的人物。在面临现实生活的残酷时,他们更容易痛苦和犹豫。这在文学史上称作"多余人"形象,其实就是当下这类人物的先例。现在的大学生,他们再也没有"天之骄子"的桂冠,在寻找一份满意的工作过程中,从投简历到应聘上岗,往往是一个理想破灭的过程。社会现实摆在这里,强者才能适应这个社会。每个人的人生中,都必须忍受委屈、挫折甚至失去尊严。韩信还胯下受辱呢。现在的商家大佬,如马云、刘强东,白手起家时,也遭受过许多人的白眼,他也失败过。对于文艺青年而言,可能比别人更容易有失败感。生活是另一类教科书,他能教会我们理性和坚强。用句老话说:"吃得苦中苦,方为人上人。"我这里的"人上人"是指有较高精神追求和心灵家园的人。

7. 在您的许多作品中,我们都可以看到一种很有意味的表达方式,就是用"父与子"或"父辈与子辈"的关系来呈现整个故事,这是否是特意安排的?这样安排的目的是什么?

父与子的关系在文学史上是一个永恒的题材。因为不论政治伦理还是感情上,都有广阔的写作空间。我是一个教育工作者,学校的教育,我个人认为是小于家庭教育的,包括我们对教育制度的种种不满,其实也不是全部成立的。家庭教育应当承担一定的责任。至少从子女的成长经历看,父亲对此有着不可替代的巨大影响。子女对于父亲,有继承有叛逆,更多的是代谢和改革。写这样的题材,人物的性格成长可信度大。这也算是我选择这种人物关系的原因。

8. 有人评价您的作品是"浮躁社会里,带来浓烈生活气息和浓厚乡土色彩的清风"。当下许多年轻人在进行文学创作时十分心浮气躁,您认为文学创作最好的状态应该是什么样的?面对加速发展的现代化社会,您认为这些具有乡土色彩的文学作品会不会失去市场?

无法否认,中国当代作家中,最好的作品,都是写农村题材的,因为我们这帮五六十年代出生的作家根都在农村。尽管后来做了城里人,但灵魂还是在乡村。耕耘者的刻苦勤劳,农民的踏实耐心,已经成为这帮作家的性格因子。现在有一些人,怀疑乡村题材的作品会失去市场,有很多评论家和编辑把重心转向城市题材,我能理解。但是,现在还有哪所城市没有农村人呢?还有哪所城市能离开农村人呢?我们在建设社会主义新农村,是因为农村也在与时俱进,不仅是城市人,其实农村人也在呼唤带有浓烈生活气息和浓厚乡土色彩的清风。我们往往只看到城市的现代化,而忽略了现在的农村也进入了现代化时代。我倒觉得,相比较生活在城市的钢筋水泥中的市民,农村人从城市的闯入者到乡村的回归者,他们的心路历程,更为曲折和丰富。只不过,我们现在描写乡村,不能只停留在古老的风俗习惯以及原生的自然风光,也要引进现代社会的元素。

年轻人的创作有他们的特点,我在参加一些网络小说的文学活动时,发现他们一天写5000到10000字,并已经习以为常,不写,点击率就要下降,而我自己写小说,保持在每天2000字左右。写多了,我觉得质量会没有保证。但是,小说类型不同,读者要求不同,网络小说它能占领市场,简单否定也过于武断。从纯文学创作来说,要有一个隔离效果。要有沉淀,要有挑选。我主张,小说需要反复修改。流水线的产品,也许是一气呵成,一个铁匠的产品,却需要不断地回炉锻造,才能收获满意的东西。

9. 在您的博客上看到您签下了《种桃种李种春风》的电影版权,对于将小说搬上大银幕一事,您个人怎么看?

讲实话,所有的作家做梦都想将自己的小说搬上荧幕和荧屏,而且希望是大导演完成自己的作品。现在是一个读屏时代,光靠铅字,小说的影响已经有限。我们可以查一下,张艺谋改编过的小说,作者很快就能大红大紫。以最近的《人民的名义》来说吧,电视剧播出以后,小说的发行量狂增到难以置信的数字。没有影视,作家就难以逃脱寂寞和冷落。这就是当下作家的生存真相。我的小说的电影版权签出,当然是开心的事,说白了,作家也想名利双收。说得好听一点,作家都希望自己的作品能有更多的人喜欢。

10. 您是作家,同时也是一名优秀的语文教师。你是否能为那些对写作具有浓烈兴趣的青少年提出一些关于写作的建议。

我常常面临这个问题。在目前的中国高考制度下,中学生写小说,很明显是一件不明智的事情。因为写小说,你得去阅读、去写作,要占去很多的时间。不巧的是小说写得好,未必你语文考试能考得好。我有两个朋友,毕飞宇和陈希我,他们都曾经为了孩子的作文被打低分而愤愤不平。我只能从我的职业角度辩解,作家和语文老师对文章的评价标准是不同的,甚至是恰恰相反的。小说是创造,要打破固有的条条框框,要有个性,才能写得好;而考试作文必须中规中矩,评分标准会很具体。所以我不建议中学生写小说,尤其是必须面对高考的同学。而对大学生和社会青年,我觉得写小说对他们而言是一件有趣的事。它让你觉得生活有追求、有乐趣,现在大多数年轻人,选择些网络小说,也有小部分人在坚持纯文学。我认为条条大路通罗马,纯文学的作者没必要去否定网络小说,网络小说也不要挑纯文学的刺。

11. 贵州也是一个极具乡土气息的城市,然而好的文学作品和好的作家并不多,您认为一部好的文学作品应该具备哪些特点?贵州地区的文学事业如何实现更好的发展?

我曾经是贵州文学刊物《山花》杂志的作者,这家杂志在中国文坛有过深远的影响,我记得当时付的稿费是双份,很多作家都以上《山花》为荣。贵州的作家我认识一个年轻人,曹永,小说写得不错,我觉得在他的小说里有一些值得重视的元素,有地方民族特色,有不同于内地同龄人的经历和心态,有与众不同的东西,这是很多作家都向往的,至少在题材上令人耳目一新。

我喜欢听歌，尤其是民歌，在这个艺术领域，少数民族的优势有目共睹。当然，汲取文学流派的精华为我所用、拓宽文学视野，也是不能缺少的准备。

12. 您虽然不是少数民族作家，但作为"旁观者"的您或许更能看出当下少数民族文学面临的问题和发展的趋势和前景，能不能就这个问题谈谈您的看法？

其实，我不够资格谈这么大的话题，如果一定要说，我还是用音乐家和画家打比方。相比较文学，这两个门类艺术的"脚步声"总是先响起。少数民族的民族风能够在歌坛和画坛独领风骚，我觉得是双向延伸，一个是接地气，土就土得掉渣，一个是洋气，和现代艺术接轨，骨子里血肉相连。我这样说，是因为我也想朝这两个方向努力，少数民族文学也好，中国当下文坛也好，中规中矩的作品早就有了，传统的经典作品也进入了殿堂，后来者必须有新思想、新形式，才能不永远"跪"着，而是迈开腿走自己的路。我相信，少数民族文学天生拥有不羁的特质，无疑会走进文学创新的春天。

蹲伏于现实,努力前行
——余一鸣访谈

何同彬　余一鸣

何同彬：从1984年在《雨花》发表处女作《茅儿墩的后生和妹子们》，到2010年前后发表多篇引起广泛反响的中短篇小说（如《不二》《入流》《放下》《淹没》《风生水起》《剪不断，理还乱》等）从而被文坛瞩目，这近30年的时间里你虽然没有远离小说和文坛，比如编辑过《高淳文学》，出版过两部小说集（《流水无情》《什么都别说》），写过电影剧本和长篇小说，但毕竟只是一个喧闹文事的边缘过客，甚至据说你曾经沮丧到怀疑自己是否是当作家的料，因此你2010年前后的这种小说创作上的奇异迸发就显得很值得思考和玩味。让我感兴趣的是，这漫长的几十年给予了你何种独特的经验和体悟，迫使或诱导你在小说式微的年代如堂吉诃德一般挥起"社会问题小说"的长矛,直面巨大的时代风车?

余一鸣:我常常说自己是文学票友,做编辑的朋友说:"你别装萌,现在在编辑眼中哪里还分作家是业余的还是专业的,只看作者是不是一线的,作品是不是一流的。"文学界的师长说:"你这是示弱,为自己写不出好东西推脱。"仔细一想,是这个理。只是没人能想得到,做一个专业作家曾是我的梦想。

二十世纪八十年代初,我是江苏师范学院中文系的一名学生,学校请当时的《雨花》主编叶至诚先生为我们做了一次讲座,内容记不清了,只记得最后几句话是鼓励我们投稿。我应该是记住了这一句,趴在宿舍的书桌上鼓捣了几个晚上,写了一篇7000多字的小说《茅儿墩的后生和妹子们》,查了地址寄走了。这是我生平第一次写小说,写过了就忘了,我当时年纪小,主要精力是放在调皮捣蛋上,总觉得写小说这样庄严的事应该是文学社那帮酸男女干的事,写一篇是为了证明我也能玩两下而已。没想到《雨花》居然录用了,编辑写信来要求我署名用手写体,好像当时《收获》就是这样弄的,于是我就写了几个自己的签名,挑了一张寄去。我好像写的是横排的,发出来却是竖排的,丑得像爬虾。20多年后,我终于在《收获》发表小说了,这回特意横竖各写了一个,还是丑,这才明白根本的问题是自己这字写得丑。这是后话。横竖是那回发表小说了,稿费没到手,先请班上的男生们出去吃了一顿。

那是个文学年代,发表一篇小说是很风光的事。糟糕的是自此我自己也认为我应该就是做作家的料。毕业分配,我被分回县教育局，父母都是教师，想找人把我留在县城工作，我说："不必了，在哪里教书都一样，你儿子不至于一辈子守着这点地盘。"我被分到一所乡下中学，开学一个礼拜了，我还一个人在黄山上转悠，我是穿着一双拖鞋上的山，爬天都峰、莲花顶都趿拉着一双拖鞋，校长找我父母，以为我不想上班了，我去报到，校长很意外，那时的大学生稀罕，校长还是把我留下了。这所乡村中学很偏僻，最让我头痛的是一周有四五天停电，我常常是点着煤油灯看书。我有一个宏大的计划，在3年之内把哲学系和历史系的课程自学完，那是我比较勤奋的年代，我尤其喜欢西方哲学，捧着一本本大部头专著硬啃，睡觉前不洗脸，洗鼻孔，鼻孔里全是煤油烟灰。当然也写小说，写了一篇长篇《黑鱼湖》，16万字，改了3遍稿，那时都是手写，寄出去了，泥牛入海，这才开始怀疑自己：你究竟是不是做作家的那块料？

让我深受打击的是西方文学思潮对中国文坛的秋风扫落叶式的影响，躲在乡村中学的角落里，硬着头皮读马尔克斯、博尔赫斯，那真叫痛苦，读不懂，反复读，刚读了这个人，又来了那个人，书店里这类书籍数不胜数，你刚学到一点皮毛，用到小说里，人家就说这玩意儿过时了，现在流行另一流派了，"城头变换大王旗"。我相信，这次文学西化潮流斩断了无数乡村文学青年对小说的最后一缕"情丝"，指望靠小说改变命运的农村青年被抽走了登天的梯子，绝望身退。我觉得，我是做不成既拿工资又拿稿费的专业作家了。

我还没绝望，虽然写得少，但几乎每篇小说都摆脱不了潮流文学的影响。我对朋友说，流行总有过时的一天，所有的潮流赶完了，小说还会回到传统上来，只是那时我们老了。这话说得像一个被丈夫冷落的弃妇，让他去玩吧，玩够了，尽兴了，他终归是要回家的。够悲凉的。

若干年后，有一回与毕飞宇喝茶，飞宇说想看看我的小说，那时飞宇已在文坛光芒四射，在他面前我羞于拿小说说话了，反正是朋友，我兴致勃勃地拿了篇所谓的先锋小说给他，他读完了说："赶紧回头，小说已经回归现实了。你只要写出你的生活，写出当下的生活，就比学先锋派小说好看。"这话拯救了我，这20多年，我从乡村进入县城再进省城，涉及多个商业领域，做过船运经理和包工头等，目睹的人、经历的事仅作酒后谈资确实有点可惜了，写，那就写出来。

反正不在乎作家梦了，我随心所欲、无所顾忌地写了几个，还真有人喜欢看。

现在想想，那一次交谈飞宇校正了我的小说方向，功莫大焉！

何同彬：看来毕飞宇对你的影响很大，尤其是你后来坚持采用这种形式严整、正视现实的现实主义或写实主义的创作手法，也和他所说的"小说已经回归现实"的判断有关。但书写现实的方式很多，或者按照加洛蒂的看法，现实主义是"无边的"，没有明确的边界，比如你自己很喜欢的卡佛的"简约主义"。更何况先锋派写作方式一直排斥传统的现实主义写作方式，比如布勒东在《超现实主义宣言》中把小说"诋毁"为重叠形象的劣等体裁，罗伯·格里耶也认为现实主义是"庸俗的处方"，构成的只是"谎言"。因此我想你最终在小说创作中坚持浓墨重彩、"密度极大"的写实策略，不仅是毕飞宇几句话的启发，应该也有基于自身经验的独特思考吧？因为这一"陈旧"的选择毕竟还是冒着某种程度美学风险的。

余一鸣：这个问题可能要从我和诗歌的关系谈起。相比于小说，诗歌总是走在潮流的前面。成家后，我被调进县城一所中学任教。县城有一帮文学青年，全是写诗的，领头的是叶辉和海波，成立了诗社，办了一本油印刊物《路轨》，当时曾以"日常主义"自称的诗派参加深圳诗歌大展。他们读的都是西方现代文学，海聊时满口洋名词，我无法对话。这使我很自卑，相比较他们，我是科班出身，但读的书却跟不上潮流，为了能不丢面子，强迫自己读了一些现代派经典书籍。那时候，进南京城主要是逛书店。

去南京交通不便，来回要六七个钟头。及时传播文学走向和西方文学的有两本刊物，一本是《世界文学》，一本是《外国文艺》，我每年都订，读完一期盼下一期。当然也关注国内先锋派作家的动向，很多小说在读完后使我绝望，这些小说居然可以这样写，我这辈子想破了脑壳也想不出。过了一年半载，读到西方作家的某个作品，明白了出处，心中才释然。不论是作家还是作品，至今值得我敬仰的是他们始终坚持了自己。人被逼急了也想办法，我有一兄弟去美国较早，我便让他寄了几十期《纽约客》，也寄了几本美国当代名家的作品给我，可都是英文版，我没那个能耐读，其中有一本托比阿斯·伍尔夫的长篇《兵营窃贼》，有次与苏童聊及，那时他在湖南路《钟山》做编辑，他说他可以读读看。人家也是学中文的，心中就觉得他厉害，送给了他。那时常傻想：早知有今天，当初读外文系好了。

喜欢简约派，是很早以前，那时国内没有出这几位作家的作品集，只能在杂志上搜寻。卡佛的短篇小说干净，文字之外光流彩溢，一直爱它们爱到成了大路货的今天。但是，我认为这种简约只适合短篇小说，不适合中长篇小说。我这几年，主要写中篇小说，篇幅较长，喜用浓墨重彩。从题材来讲，我写的领域都有其独特性，不用力写不透；从人物角度出发，其性格多变，人格多重，铺陈长于简约。最主要的是，生活的磨砺使我习惯用粗犷而风风火火的语言。打个比方吧，同样是实木家具，清式雕琢繁缛，明式简约写意。20多年前刚有点钱时，我就买了一套仿明式家具，当时是虚荣心作祟，觉得有面子，房子不大也适合。后来搬家时，发现房子大了，装修复杂了，尽管对旧家具有眷恋，但只有换一套仿清式家具才搭。换了后发现，繁缛也有大美。

做好汉首先得找到适合自己的武器，能用多样武器的好汉就能长久一些。写小说亦如此。

都说现实生活比小说情节精彩，这只是外在。我涉猎校园之外的商海，起初最受不了的是侮辱，你不得不朝手握权力的官员低头，文人的清高被剥夺殆尽。商人间的算计，是比较智商情商的高下，毕竟有些趣味。尽管一再告诫自己，要遵守规则，让你低头的是权位而不是人，但后来拔腿而去，与这一点还是很有关联。人性之卑污，亲情之淡薄，让人透不过气，也让我畏惧。我有一位老兄，身家数亿，事业正旺，却收山了，告诉我再不收山，夫妻两边亲戚间的亲情都没了，老了没人走动了。我写家乡题材的几篇中短篇小说,让我在本地做父母官的朋友不开心,他们希望我正面歌颂一下政绩,我说应该去找报告文学作家。其实人性与地域关联不大,揭露正是为了挽救,愤怒是因为抱有希望。

我自以为可以冷眼看世界,坐在电脑前其实做不到。相比较纷繁世象,讲究和唯美真的是一种轻慢和调戏。

何同彬:"轻慢和调戏",很精确,但也似乎让你的写作陷入了与现实生活的某种悖谬关系之中。从你的言谈中以及你的书写中,我能看出你对世俗生活以及复杂人性的深度把握,这种基于日常经验和冷静观察得到的小说的"肉感"或"现实感"是很多作家难以企及的。比如让我尤其惊讶的是你对于很多行业、职业(比如建筑、银行、投资、内河航运、教育等)及其相关人士的那种全景式、立体式的描绘和呈现的能力,以及在西美尔所说的现代社会的语法形式——金钱面前,各个阶层"漫溢"的欲望引发的盘根错节、险象环生的人性纠葛,你也都可以驾轻就熟、举重若轻地予以细微地体察和细腻地表达,但这些现实主义书写的最终目的是什么呢?按照你所讲的,"揭露正是为了挽救,愤怒是因为抱有希望",同时你又认为对于纷繁的世相而言,讲究和唯美的文学表达只是一种"轻慢和调戏",你是如何面对这种悖谬,同时说服自己继续坚持这种"揭露"式的写作呢?毕竟如你自己的经历,文学或文人的清高可能换来的只是屈辱,或者换句话提问,你曾经说"文学能抚慰我的灵魂",在这一抚慰的过程中你有没有来自现实的巨大障碍和困惑呢?

余一鸣:我喜欢过唯美的小说,比如废名和沈从文的作品,我深入研究过，发表过研究文章，也写过模仿他们语言风格的小说，但是审美观也是与时俱进的。放到今天，我怀疑这些前辈的小说有可能难以发表，读者会极端小众。小说的形式千变万化，读者的胃口酸甜苦辣，有一样东西却是永恒的，这就是作家"掐麻筋"的能力。乡村的剃头匠有一招功夫，能一下子掐中胳膊肘子关节处的筋络，酸、痛、麻，然后是爽，小徒弟往往不灵。师傅说，功夫在于积累和捉摸。从这个意义上说，现实主义写作首先要有生活，其次要有切入点，切中肯綮。将现实中的美好展现，有人喜欢；将现实中的丑恶集中暴露，也有人喜欢。作家写作撇开这些为妙，没必要专事迎合。将现实生活的本质呈现，将社会转型的关键处在笔下琢磨，针砭时弊，有酸、有痛、有麻，掐中、掐狠是作家功夫所在，但并非为"掐"而掐，为揭露而揭露。

　　文学有疗伤的功能，但在娱乐至死的当下，可以说读者已懒得疼痛了。我写小说，在自己是宣泄和倾诉，虽然也希冀回音。有人动辄称"儒商"，我常常觉得荒谬。商人有商人的文化，儒家有儒家的文化，在当下社会这两者都非常稀缺，扯来只是做幌子，商场唯金钱独尊。我所期望的抚慰，是在文学梦中遥望它们，有钱尚不足，有文化有文明，人才有尊严。

　　何同彬：王彬彬教授曾经敏锐地发现"离开农村、进城拼杀的'农民'"，特别能激发你的"审美兴奋"，比如《淹没》《不二》《人流》（后更名为《江入大荒流》）《潮起潮落》《愤怒的小鸟》等大量作品当中，你都以那些成功的农民——包工头、工程队长、船老板、总经理、董事长等各色人等的生活和成长为小说的核心内容,尤其关注他们围绕着金钱、权力和情欲而产生的畸态生活和扭曲人性,并经常通过一些主人公悲剧性的命运表现出你明显的批判意图,这一创作倾向是否和你的经历有关?对于乡村、农民、农民工与当代城市化进程之间的关系,你觉得如何处理才能避免这么多的社会问题,或者进一步说,你未来的写作是否还围绕着这样的阶层展开?另外,在这一特殊的底层叙事之中,你较为成功地塑造了一类女性的形象,甚至可以说你绝大多数作品都是以女性人物形象为叙事重点的,能否解释一下缘由?是不是受到毕飞宇的影响?

余一鸣:前一阶段有"底层文学"之说,或称"打工文学",关注农民进城后的心灵和生存处境。我选择写这个群体的成功人士,是因为我身边有很多当年的小伙伴现在发迹了,有钱有势却依然痛苦。城市化进程的心理过程是复杂而坎坷的,仇富者有仇富者的愤怒,富人也有富人的焦虑。有的人你给他财富,其实是把他架在火上烤。我觉得这类群体最能体现转型社会的时代特征,现实主义强调的矛盾冲突在他们的精神世界鲜明凸现。我以后的小说人物避不开他们。

我不是一个写女人的高手,但是在江苏,有苏童、毕飞宇写的女人招摇于文学长廊,似乎不打造出一个文学意义上的女性形象,你都不好意思说你是江苏的男作家。写女人难,苏童笔下有《妻妾成群》中新中国成立前的女人,毕飞宇笔下有《青衣》《玉米》中新中国成立后的女人们,我避开她们,写现实经济大潮中的女性,也算是识时务。

毕飞宇对我的文学影响,不是写好小说中的女人,而是把男人写好。江苏文坛缺这个。而毕飞宇已经改变我的，是我的文学态度：把写小说当一件严肃的事在做。

何同彬："把写小说当一件严肃的事在做"，我是否可以把这句话分作两个问题和你探讨：一，你认为什么样的写作方式和写作态度是不严肃的？可以以当下的文学创作潮流为例；二，严肃的写作态度实际上是和内心的沉静、敏感相对应，也必然带有超越于世俗利益、欲望和人际纠葛的非功利性的一面，但当下每一个成年人都深陷于一种极具功利性的文化氛围之中，另外你本人是一个安静的作家的同时，也是一个性格豪爽、喜欢结交朋友、喜欢玩儿的一个世俗中的个体，那你是如何在这种现实性的文化悖谬中保持自己写作的那种非功利性的"严肃"的？你是如何平衡喧闹的现实与"严肃"的内心的？

余一鸣：从二十世纪八十年代人人标榜自己爱好文学，到现在很多人羞于被划入文学爱好者队伍，应该说这一变化使文学写作者和读者的队伍纯净了。就作家而言，有为读者癖好而写作的作家，有为迎合国内外大奖评委的喜好而写作的作家，奋斗目标在作品中不难看出来。这种追求我认为是有上进心的，作家的脑子清醒。我写小说，最初是为成名，后来是怕被小说抛弃，写着写着成了一种精神慰藉，成为生活中不可割离的一部分。这几年写作，追求功利的成分少了，这年头，作家的地位不咋的，弄纯文学的作家物质上能过上满意生活的人屈指可数，富裕者也大多是借了影视的光。我现在写小说，不是为了去做成名作家，也从不指望靠稿酬过日子，写得出来就写，写不出来就不写，依从于自我感觉。有人喜欢我的小说，好事；有人批评我的小说，也是好事,但我未必要听从。有个叫栗宪庭的人说,我们的艺术怎么不被一个外部的体系所绑架,而真正回到艺术家个人的内心世界,从而找到一个更好的媒介去表达自己,不断地去突破,艺术获得一种自由和独立的状态,这个是最重要的。我觉得这人说得不错,这是一种严肃的对待艺术的态度。

实事求是地说,写作上取得的一点成绩,改变了我的生活方式,我的朋友圈越来越窄,心里揣着写小说的事,在外面撒野、撒欢都不利落。除了出来与作家们喝茶喝酒,别的圈子活动我基本不参加了,我老婆发现一个规律:我现在只要出去吃饭肯定是我买单,别人请客你能躲,你请客总得到场不可。我老婆很高兴,除了工资卡,我还常上交稿费单,晚上坐家里省钱不说还赚"碎银子"。做饭的阿姨不开心,觉得这人混得惨了,晚饭顿顿赖在家,给她添麻烦。

诵经需要洗手、焚香、净心,进入写作状态至少要净心。专注即严肃。

何同彬:众所周知,你的职业是中学教师,在这个行当里你摸爬滚打了几十年,对于中国教育体制的历史、现状和错综复杂的问题、内幕,我想你是非常有发言权的,或者对于一个坚持现实主义写作的作家而言,这是一笔过于丰厚的经验和财富,但你却在你的小说中鲜有体现,虽然个别篇章描述了当代教育的问题,可似乎仍旧徘徊在中国教育"痼疾"的核心地带之外,我想你是不是有一些特别的顾虑或者苦衷呢?或者,你未来的写作是否有全面揭示和呈现中国当代教育现状的计划?

余一鸣:中篇小说《愤怒的小鸟》在《人民文学》发表后,

我在《小说选刊》转载时的"创作谈"中说:"这是我转向教育题材的第一篇中篇小说,下笔之前,我有了十几万字的访谈笔记和个例,其中不乏反映了校园内触目惊心的黑暗与愚昧,当然,我不仅仅是为了写这篇中篇小说。但是,当我读了很多写教育题材的小说后,我觉得,这种从师生身上找答案的思路是狭窄的,从教育体制上找根源是表象的。我必须跳出来写,再过十年二十年,教师可以转变理念,教育体制可以逐步改革,但是社会的人心所向、校园外的活生生案例,不是教师在课堂上的苦口婆心所能解决的。"客观而言,写职业题材,会有顾忌,怕身边的人对号入座。但根本的原因,这是我的"本钱",是我最大的"积蓄",我不想随便处置。今年我和中国作协还有《人民文学》三方签了长篇扶持协议,这个长篇小说是写教育题材,我正在创作中。

何同彬:除了教育题材的作品,未来的写作还有什么想法和规划?或者说在保持现实主义书写基调的情况下,对于小说的语言风格和结构特点、展示现实的方式和介入现实的深度等方面,有没有进一步调整和改变的计划?比如孟繁华先生在《人间万象与绝处逢生——评余一鸣的小说创作》一文的结尾,认为你的小说"有更多的中国明清小说的味道和气息,而少了西方18、19世纪小说的韵味和品格",主要指的是你在进行现实主义书写时,由于沉溺于自己的经验现实和"迎合"一部分读者的阅读期待,而忽视"应该有一束高远的光芒去照亮他们",这一批评性的建议你有没有计划在未来的创作中予以回应?

余一鸣:孟繁华先生是我敬仰的评论家,他一直关注我发表的小说，而且常常敏锐地指出我的不足。他提出我作品中的问题，我若辩解，他则批评得更加激烈。我若是觉得他切中要害，无话可说，他就说："你说话，你别弄得好像是谁在以势压人。"其实那时我确实满腔腹诽：这人眼光怎么这样毒辣，还让人怎么写小说？

小说有"品"还有"格"，我理解成小说的品质和格调，什么是格调？就是孟先生所言的"一束高远的光芒"。现实生活的沉重，确实使我的笔下文字难有轻逸美妙之感。我是语文教师，课本上不乏传统美学意义上的经典课文，出于逆反，在小说文字表达上我不愿中规中矩。有个叫朗西埃的人说："什么是文学？就是突然冲进来，打破当前文学话语秩序的合法性的那种新话语里的力量。一首新诗'冲'进来，像造反派那样，取缔了现有诗歌秩序的合法性，它身上就带有'文学'了。"我引用在此，这也是我持的观点。

我知道，我的小说对现实生活本质的揭露和展示算是一个特点，有人说，读完后有足够的痛感，但喘不过气来，这是我要的效果。揭露是作家的天职，这也只是基本要求，要使作品有"格"，还应该追求那"一束高远的光芒"。我不是上帝，想有光就有了光，但在我以后的作品中，会努力呈现这束光芒，哪怕再多的昏暗也抹杀不掉。我不指望文学拯救人性，但人性中本质的光辉还是温暖的，还是值得呈现的。我们如果没有信仰，就只有依赖人性，也许最基本的也是最永恒的。

何同彬：这几年你的小说作品屡屡在《人民文学》《收获》《钟山》《作家》《花城》等高端文学刊物上出现，引来好评如潮，作品先后入选多种重要选本，你也先后获得了多种重要奖项（如紫金山文学奖、茅台杯人民文学奖、《人民文学》年度奖、《小说选刊》年度奖、《中篇小说选刊》双年奖、金陵文学奖等），这些褒奖和荣誉对你来说意味着什么？你认为自己是否已经是一位成功的作家，或者你对"成功作家"的定义是什么？

余一鸣：我说过，我曾经梦想做一个专业作家。后来觉得高不可攀，就把梦想往现实拉了一拉，想这辈子能在《人民文学》《收获》这样的大刊发篇小说就足够了。这些年，王安忆、毕飞宇都进大学做教授了，我的专业作家梦也淡薄了，文坛却给了我很多机会，大刊能发表了，还不断获奖。命运待我不薄，只要付出总有收获。但我没想到，我还能有文运。这就像我前面打的比方，那个怨妇信守的理由：你终有一天得回到我这里。

我来自一个苏南的乡村，从小接受的熏陶是说话圆润，滴水不漏。我那些出来混的家乡朋友，说话虚虚实实，做事进退自如，从商从政都成一点气候。如果我算是从文，应该更得精髓，但我觉得那样玷污了文学的神圣。我感谢文学上所有帮助过我的师友，在他们的激励之下，我才能取得一点成绩，才会一篇接一篇往下写，才会在写小说这件事上有自我要求。许多身边的亲友都反对我在写作上花大力气，说"你稀罕领奖，我们发给你"。当然是玩笑，把我当幼儿园小朋友哄。我能理解，很多政客和商人都把文坛当儿戏玩，波及普世，但文学带给我的快乐无以替代。

衡量一个作家成功与否，当然是看作品。我算不上是一个成功的作家，甚至连作家都算不上。这不是谦虚，就像歌坛上歌手与歌唱家之分,我最多算是一个有几支成名曲目的歌手。成功的作家应该如那做得长久的英雄好汉,十八般兵器皆能使得,不断向上,永远让朋友和对手有期待,有惊喜。这样的作家在我眼中只有几位,他们写得不易,活得不易。

作家必须扎根生活。这两年沙场折戟的大牌英雄当年出山匆忙,漏了现实主义这一课,拉架式不小心就露了怯。正如一位朋友如斯说:"我觉得此言有益于我。我将蹲伏于现实,努力前行,力争能在创作中站稳脚跟,不被潮头淹没。"

[本文为2011年度江苏省社会科学基金项目"当代南京青年作家群研究"(批准号:11ZWC010)阶段性成果]